NECRÓPOLE

histórias de bruxaria

NECRÓPOLE

histórias de bruxaria

Alexandre Heredia
Camila Fernandes
Eric Novello
Gianpaolo Celli
Nazarethe Fonseca
Richard Diegues

São Paulo
2008

EDITORA
ALAÚDE

1ª edição em junho de 2008 - Impresso no Brasil

Publisher: Antonio Cestaro
Editora: Alessandra J. Gelman Ruiz
Capa: Camila Fernandes e David Hoffmann
Projeto Gráfico: Camila Fernandes
Revisão: Camila Fernandes e Giorgio Cappelli

Dados Internacionais de Catalogação na Publicação (CIP)
(Câmara Brasileira do Livro, SP, Brasil)

Necrópole : histórias de bruxaria / Alexandre Heredia...[et al.]. -- São Paulo : Alaúde Editorial, 2008. -- (Necrópole ; 3)

Outros autores: Camila Fernandes, Eric Novello, Gianpaolo Celli, Nazarethe Fonseca, Richard Diegues.

1. Contos brasileiros - Coletâneas - Literatura brasileira I. Heredia, Alexandre. II. Fernandes, Camila. III. Novello, Eric. IV. Celli, Gianpaolo. V. Fonseca, Nazarethe. VI. Diegues, Richard. VII. Série.

08-05778 CDD-869.9308

Índices para catálogo sistemático:
1. Contos : Antologia : Literatura brasileira
869.9308

ISBN 978-85-98497-93-8

Alaúde Editorial Ltda.
R. Hildebrando Thomaz de Carvalho, 60
CEP 04012-120 - Vila Mariana
São Paulo - SP
Telefax: (11) 5572-9474 / 5579-6757
alaude@alaude.com.br
www.alaude.com.br

SUMÁRIO

INTRODUÇÃO

QUANDO PIOS DE CORUJAS ATENTAS PONTUAM A NOITE, e a Lua não consegue iluminar os cantos mais escuros; quando o leite azeda e os animais morrem; quando a chuva ou a falta dela mata as plantações, e o gado pára de dar leite, só pode significar uma coisa: há uma bruxa presente. Ao menos era o que se pensava antigamente.

Os eventos do cotidiano ganhavam um ar sobrenatural quando se desejava encontrar um bode expiatório. Homens e mulheres eram condenados, perdiam seus bens, sua dignidade e suas vidas. Ainda hoje, pessoas acusadas de bruxaria são espancadas ou mortas em lugares esquecidos por Deus, como a Guiné e vários recantos da África. Mas o homem moderno e esclarecido sabe que tudo isso não passa de uma grande bobagem! Afinal, bruxas não existem.

Essa é uma mentirinha branca que as pessoas contam para não ter medo do escuro. Não existem bruxas, ou fantasmas, ou assombrações, ou vida após a morte, ou qualquer coisa sobrenatural. Tudo é um truque, um engodo, uma piada de mau gosto para pregar peças nos outros. Aqueles que pensam assim querem desesperadamente acreditar nisso porque não podem suportar a idéia contrária. Eles estremecem e eriçam os pêlos da nuca quando a idéia de que tais coisas realmente existem flutua sobre suas mentes. Simplesmente não sabem o que fazer quando são vítimas de um feitiço, quando se deparam com um fantasma ou com algo inexplicável para a sua mente científica. Não podem nem pensar na possibilidade de se encontrar com a verdade, pois não a suportariam. Não saberiam o que fazer com uma vida inteira equivocada.

Então, nós, bruxas, fantasmas, assombrações, vampiros, lobisomens, deixamos essas pessoas viverem suas vidinhas em paz. Deixamos que acreditem que vivemos apenas nas páginas de livros e nas salas de cinema. Permitimos que nos vejam apenas por breves momentos, capturados por câmeras e confundidos com efeitos de luz.

Mas o mundo é pequeno. Pequeno e mal freqüentado. Nem todos nós somos maus. E nem todos nós somos bons... De vez em quando, encontramos essas pessoas que não acreditam e vivem em paz em sua caverna de sombras. E elas se surpreendem tanto que, na maioria das vezes, não conseguem compreender o que está acontecendo. Desses encontros nascem grandes histórias: histórias de amor e amizade, de crescimento e superação, de morte e sofrimento, de ódio e vingança. Quando se cruza o caminho de um praticante de magia, é impossível não sentir conseqüências. Para o bem e para o mal, bruxos e bruxas trazem sempre uma lamparina que aumenta e distorce as sombras na parede. Mas se você olhar pra eles, perceberá que são tão reais quanto você, e que podem lhe mostrar muito mais do que truques.

Acreditando ou não, se você pegou este livro é porque está cansado do teatro das sombras. Então, permita-me apresentá-lo a um mundo novo e colorido, repleto de cantos escuros em que podemos sempre jogar um facho de luz. Você está entrando agora no mundo da bruxaria, em suas nuances e cores. Respire fundo e me dê sua mão...

Você já voou de vassoura?

Eddie Van Feu
Bruxa

RICHARD DIEGUES

Manipular personagens, mitologias e lendas é uma das características marcantes nas obras de *Richard Diegues*. Suas histórias se distinguem pelos finais nada convencionais e tramas que prendem o leitor, com a tensão da narrativa aumentando a cada parágrafo.

O autor adota uma escrita centrada nos personagens, deixando as histórias ainda mais próximas do leitor, ao passo que a trama flui naturalmente, como se estivesse sempre à espreita, pronta para saltar ao palco e anunciar o *grand finale*.

Em *O Sagrado Profano*, a atmosfera assombrosa da necrópole se integra com a bruxaria do Candomblé e a influência de forças ancestrais colide com as ambições individuais de seis mulheres. Após a morte de Mãe Gina, a mãe-de-santo responsável por um terreiro, cada uma delas almeja sua sucessão. Valendo-se de tudo de que dispõem para tal intento, elas colocam em movimento mudanças e poderes que não podem mais ser ignorados – ou detidos.

O SAGRADO PROFANO

SIGA EM FRENTE. Sei que não consegue ver nada nesta escuridão, mas eu vou te guiando. Isso eu faço bem. Tem outras coisas que faço melhor, mas elas não importam agora. Apóie as mãos nas paredes, é mais fácil desse modo. Não se preocupe com o que vai encontrar. Não tenha medo. Eu te protejo. Também faço isso bem. Você já conhece este prédio velho. Sei que já levou muitas partes dele para o seu barraco. Então não preciso ajudar em cada passo. Vá pelo corredor até o final. Não pare, siga em frente. Eu realmente não quero machucar você. *Mas eu posso machucar você se eu quiser.* Vá em frente. Isso, muito bem. Quero apenas que veja algo. Não, não é nada bom. Mas também não é de todo ruim. Entre na sala à sua frente. Não se preocupe, a porta foi roubada faz tempo. No fundo existe um quarto, à direita. Vá até ele. Agora pare. Ajoelhe-se e estire os braços. Não é preciso ter medo de nada, já disse. Sim, é um corpo. Sim, isso é sangue. Pare de tremer. Agora você precisa manter a mão firme ou não vai conseguir acender seus fósforos. Pegue mais um. Vamos, tente com outro. Muito bom. Aproxime a luz do rosto à sua frente. Olhe bem. Já basta, pode ir. Eu só precisava que você soubesse onde o corpo estava. E da certeza de que o reconheceria. Adeus.

◆

Três mulheres estavam sentadas em cadeiras. Uma quarta estendia um copo com água para o velho Enésio. Ele o apanhou com as mãos trêmulas e esvaziou seu conteúdo de uma só vez.

– Os rapazes foram procurar o corpo de Lúcia no prédio que você indicou. – Sueli apanhou o copo das mãos do velho antes que ele caísse. – Você tem certeza de que ela estava morta?

Enésio apenas ergueu a palma da mão para elas. Estava suja de sangue.

– Minha fia, eu sei o que é uma morta. E aquela tá lá, bem mortinha. E foi feio que só vendo. – Ele baixou e cruzou os braços, enfiando as mãos sob as axilas, olhando para o chão. – E tem *coisa* bulindo ali. Coisa ruim. Entidade danada de braba. E é o que sei.

O ambiente ficou tenso. As mulheres se entreolharam e sabiam que não adiantaria perguntar mais nada ao pobre homem. Ele não parecia estar escondendo nada. Dispensaram-no e ele as deixou sozinhas.

Lucimara, a mãe-de-santo mais antiga ali, foi a primeira a sacudir sua obesidade mórbida da cadeira. Ex-prostituta, ainda se vestia e maquilava como tal. Acreditava ser a herdeira natural do barracão por ser a primeira delas a freqüentar o lugar. Morava há poucos metros de distância desde a época em que circulava pelas ruas próximas, oferecendo sua carne quente em troca do dinheiro frio.

– A traficante favelada já foi tarde – falou, expressando o que todas ali pensavam. – Lúcia só vinha aqui pra poder fazer seu tráfico. Todas sabem disso. Nem sei por que Mãe Gina gostava tanto daquela biscateira. – E encarava Ivone, que fazia cara de desdém enquanto ela falava. – Ela tinha o hábito de escolher mal algumas afilhadas.

– Escute aqui, piranha velha. Se Mãe Gina escolheu mal alguma companhia, você está bem no topo da lista.

Ivone havia se erguido lentamente, com os punhos cerrados. Seus 56 anos e o fato de ser mãe-de-santo desde jovem impunham algum respeito. Sua altura e compleição robusta também ajudavam. Era famosa por resolver seus problemas particulares usando a força bruta. Já havia surrado homens bem maiores do que ela. As mulheres geralmente não se atreviam a enfrentá-la. Os cabelos loiros oxigenados contrastavam com a pele tostada de sol, o que dava uma aparência saudável à mulher. E o contraste se complementava pelas roupas afro que usava, junto com dezenas de patuás e amuletos coloridos que ostentava nos braços e em torno do pescoço. Era uma visão a ser respeitada. Temida. E, como se não bastasse o porte físico, ainda corriam boatos de que seu corpo havia sido fechado contra a magia.

– Se quiser discutir de verdade, sugiro que discuta sobre o que realmente interessa neste momento: o que matou Lúcia – disse, encarando Lucimara, desafiadora.

– Essa não é a coisa mais importante. Sabemos que é uma entidade forte. Um *egum*, provavelmente. A verdadeira pergunta é outra – disse Sueli, com sua voz monótona.

Todas fitaram a pequena chinesa. Ela era a filha de criação de Mãe Gina, morava ali desde pequena. Havia sido encontrada vagando em frente ao terreiro, abandonada pelos pais que certamente haviam sido deportados do país, ou algo pior. Mãe Gina cuidara dela como se fosse uma filha e a iniciara nos costumes do Candomblé. Nunca antes uma chinesa havia chegado a se tornar mãe-de-santo. Calada e introspectiva, dificilmente se envolvia em discussões. E parecia sempre saber de tudo, fato que ajudou a concentrar toda a atenção em sua pergunta.

– E qual é a pergunta que importa? – rebateu Ivone.

Nhá Neca pigarreou alto, intrometendo-se pela primeira vez na discussão. A atenção rapidamente foi desviada para a velha feiticeira. Seus olhos estavam estreitados entre suas rugas. Ela passava uma das mãos em seus ralos cabelos brancos, enquanto a outra segurava o queixo sob a boca desdentada. A satanista por fim encarou cada uma ameaçadoramente e também se ergueu. Sua aparência, de uma maneira geral, remetia a coisas ruins. E era exatamente isso o que ela era.

– O que importa não é o quê, mas quem. Uma de vocês ordenou ao *egum* que matasse a vadia. Pouco me importo com ela. Merecia morrer de qualquer forma. O que me faz ficar pensativa é se, nessa luta para controlar sozinha este lugar, uma de vocês vai tentar mandar algo atrás de mim.

Todas absorveram as palavras da velha e por alguns instantes ficaram se encarando. Cada uma analisava qual delas teria poder para dominar uma força dessas de maneira tão brutal e completa.

– E quem garante que não foram você e seus demônios que fizeram isso? – falou Lucimara.

A velha deu três passos até chegar bem próxima da ex-prostituta, encarou-a no fundo dos olhos e, sem nenhum aviso, gargalhou. Uma risada alta e pavorosa, que fez com que Lucimara instintivamente recuasse um passo. Depois, mais uma vez agindo com desinteresse, deu as costas a ela e se encaminhou para a porta.

– Você não vai saber se fui eu, Lucimara – falou, apenas virando levemente a cabeça para lançar-lhe um olhar de ameaça. – Se eu resolvesse lhe mostrar até que ponto controlo meus demônios, seria a última coisa que você veria.

Depois que a velha saiu nada mais foi dito. Apenas a desconfiança pairava no ar. Uma a uma, as outras partiram. Apenas Sueli permaneceu ali, solitária, remoendo os acontecimentos.

◆

O barracão se localizava bem na zona central da cidade. Fora construído antes dos grandes edifícios elevarem o valor dos imóveis ao topo. Prédios comerciais surgiram de todos os lados, o que apenas aumentou a força do local. Ele se tornou mais visível a todos que trabalhavam ali. Isso auxiliou em sua fama, bem como as lendas urbanas que eram criadas a respeito do fato de um terreno daquele tamanho ainda resistir às ofertas das grandes construtoras. Não havia nenhuma outra construção antiga naquele trecho da cidade, com exceção daquela.

A última a sair dele foi Lucimara. Quando Sueli bateu a porta às costas dela, um enorme negro surgiu de uma das sombras do outro lado da rua. Ele se aproximou lentamente de Lucimara. Ela apenas sorriu. Eram bons amigos ainda.

– Bara, já vai um bom tempo que não vem me visitar.

O negro continuou calado. Lucimara sabia que não falaria com ela. Briga antiga, de mais de cinco anos. Ela nem mesmo se lembrava mais de como tudo havia começado, mas desde então não se falavam. O negro só falava quando queria algo dela. Reciprocidade. Mas Lucimara sabia que ele ainda gostava dela e que estava ali porque sabia das coisas ruins que estavam ocorrendo. Bara sabia de tudo o que acontecia com todos os freqüentadores do barracão.

Ela tomou o caminho para sua casa e ele foi acompanhando-a, andando a seu lado. De dentro da bolsa ela retirou um pacote de camarões salgados e foi mastigando, sem se preocupar em oferecer a seu acompanhante. Não era isso o que ele queria dela. Sempre que vinha, queria muito mais. Geralmente o seu carinho e, quase sempre, o seu corpo. E ela gostava disso.

– Ficou sabendo de Lúcia? Pelo que disseram não foi coisa de homem. Foi morta por alguma entidade. Você sabe qual foi?

O negro moveu a cabeça confirmando a resposta, mas permaneceu em seu mutismo.

– Eu queria muito saber qual das três está no controle. Digo três, pois sei que só pode ser obra de uma delas. Todas são ambiciosas. Cada uma quer dominar o barracão sozinha, por motivos pessoais. Nhá Neca acha que pode brincar com os *eguns* como brinca com seus demônios. Ivone só se preocupa em conseguir homens, pra sossegar sua menopausa, e em ter poder sobre as mulheres, pra sossegar seu ego. A chinesinha se acha no direito só porque mora lá desde criança. Não tem nenhuma gota de sangue negro e se acha no direito de se envolver assim com os cultos. Só é mãe-de-santo por causa da influência de Mãe Gina com os Orixás. Eu sou a melhor delas. Você sabe disso. Pelo menos não escondo de ninguém que vou lá por causa das festas, pra comer, beber e honrar o meu Orixá. – O pacote de camarões foi atirado na sarjeta e Lucimara limpou os dedos na roupa. – Você sabe quem está ordenando a entidade?

Novamente o negro apenas moveu a cabeça, mas dessa vez negando.

– Sabia que houve um tempo, quando eu era bem mais nova, em que eu te amava? É verdade, Bara. Eu sempre pensei que você era um daqueles que sabem tudo. Que conseguem tudo.

Eles chegaram à porta da casa de Lucimara e ela abriu o portão.

– Sabia que eu comecei a freqüentar o barracão por sua causa? Até pensei em largar o meretrício no começo. Acabei largando porque fiquei grande demais, mas se você me pedisse eu largava na mesma hora. Não quer entrar um pouco? Estou gorda, mas ainda faço algumas coisas muito bem. Vamos. De uma forma ou de outra você vai acabar na minha cama hoje.

Pela primeira vez naquela noite o negro sorriu. Depois se inclinou, beijou-a nos lábios e colocou uma das mãos sobre sua cabeça. Bênção feita, fez meia-volta e retornou pelo mesmo caminho em que viera.

Lucimara não se preocupou com a recusa de Bara. Sabia que ainda teria muito tempo para dobrar novamente aquela cabeça dura. Foi até a cozinha, separou tudo de que precisava para fazer um *ebó* e foi levando para o quintal dos fundos. Precisou de cinco viagens para transportar tudo. Tinha que se proteger de todas as formas possíveis.

Começou a arriar a oferenda para seu *olóri*. Forrou uma boa área com folhas de mamona, depois deitou as travessas e começou a colocar tudo de que seu *eledá* gostava. O *ekó*, muita carne malpassada, *àkása* de milho amarelo, arroz, milho torrado e farofa de azeite de dendê. Quando terminou, acendeu as velas pretas e apanhou a galinha da mesma cor, que estava a seu lado ainda com as patas amarradas. Com uma faca, cortou seu pescoço com um golpe rápido e a fez sangrar sobre as oferendas.

Poucos minutos depois, concluía o ritual e o orixá aceitava sua oferenda.

– Tudo isso é para ti – falou sem erguer os olhos, sentindo a incorporação começar. – E, como vê, fui muito generosa. Preciso de proteção. – Seu corpo sofreu vários espasmos e ela sentiu que começava a possessão. – Como eu disse, de uma forma ou de outra você ia acabar em minha cama hoje.

Então ela se calou. A voz que ouvia dentro de si não era a voz de seu orixá. Algo estava errado. Quem havia aceitado o *ebó* não era quem ela esperava. Seu coração gelou ao entender quem a utilizava como *cavalo*. Descobriu também quem havia matado Lúcia.

Tentou lutar, mas seu corpo não a obedecia totalmente. Caiu sobre as oferendas, quebrando as travessas de barro e as garrafas. As velas e vasilhas também tombaram, junto com a comida. Lucimara se debatia e se feria nos cacos, tentando se livrar daquele domínio. Até que não conseguiu mais resistir. Estava completamente dominada. Sua mão foi levada até a farofa, agarrando grandes punhados dela e enfiando-os na boca. Carne, arroz, pedaços de vela, a farofa e tudo o que encontrava pela frente ia sendo engolido. Cada vez mais rápido, as mãos de Lucimara tateavam os restos pelo chão e ela devorava tudo. Tossia e engasgava, com lágrimas escorrendo devido ao esforço, mas era impossível parar de engolir, ou iria sufocar. Seus lábios já sangravam, tanto quanto sua garganta e todo o percurso por onde o vidro e a cerâmica passaram rasgando. O sangue inundava seu corpo, mas não corria mais por suas veias.

Nada restou da oferenda quando a entidade partiu. Ela foi aceita.

◆

Recostado ao balcão, Enésio terminava de comer um pedaço de bolo. O rapaz que havia acabado de lhe pagar um café e um pedaço de bolo, em troca de um pouco de prosa, seguia apressado pela porta afora. Conversavam sobre diversas coisas, mas nenhuma delas havia agradado ao rapaz. Às vezes as coisas que Enésio enxergava deviam ficar para ele, mas o velho não resistia a ajudar os outros, mesmo que isso não agradasse muito a quem ouvia. E tinha dias em que não tinha muitas coisas boas para dizer. Pressentia que naquele dia nada que dissesse iria agradar a ninguém. Era melhor se calar a falar sobre certas coisas.

Ao ver Negrinho entrar correndo no bar, largou o copo de café sobre o balcão e se preparou para uma má notícia. O garoto foi até ele e cochichou em seu ouvido.

– Êita, que esse dia vai sê danado de ruim mesmo – falou Enésio, passando a mão na cabeça do garoto. – Negrinho, vai pro teu barraco. Hoje não é dia de ficá andando sôrto por aí. É dia de coisa ruim. Desembesta. Vai logo pra casa, minino.

Os dois saíram. O garoto, correndo na direção da favela; o velho, caminhando na direção do centro da cidade.

◆

Quando chegou à porta, Enésio já podia ouvir a gritaria vindo lá de dentro. Cumprimentou duas mulheres que estavam paradas na entrada, com vassouras nas mãos, assustadas com a discussão que vinha dos fundos. Quando entrou no salão, viu Nhá Neca com os braços retesados à frente do corpo, com as unhas recurvadas prontas para o bote, como uma pantera. Olhava para Ivone e Sueli que discutiam, uma gritando com a outra, praticamente a ponto de se engalfinharem em uma briga, a qual a velha apenas aguardava, observando se viria em sua direção. Negrinho havia alertado Enésio da situação no local. E ele logo entendeu o motivo da briga: uma delas não estava ali. E, se não estava, era certo que nunca mais estaria. As três acusavam umas às outras pela morte de Lucimara.

Enésio caminhou de cabeça baixa, passou entre as mulheres, que somente naquele momento o haviam notado, e seguiu direto para o fundo do salão. Cumprimentou e pediu a benção de cada um dos sete orixás respeitosamente. Reacendeu para Oxalá uma vela que havia se apagado, depois retirou da bacia de Yemanjá uma pétala amarela, que caíra de uma das oferendas.

– *Patacori* Ogum, Ogum *nhé no jassi jassi* – falou, reverenciando a estátua de Ogum, antes de prosseguir. – Sabe, meu pai, que é nessas hora que sinto uma danada de uma saudade da Mãe Gina – falou, encarando a estátua. – Se ela tivesse aqui ainda, as coisa iam tá mais calma. É quase dia de sua festa, meu pai, mas nem limpá o barracão as mulhé num pode, porque ficam tudo com medo das briga. Tão lá na porta parada, de vassora na mão e lágrima nos olho, cum peito apertado pelo caminho das coisa. Irmã atacando irmã. Sabe, eu quiria que as coisa vortasse a sê como antes. Todo mundo feliz, a essa hora correndo pra lá e pra cá pros preparativo da festa. Uma ajudando a outra.

Ele ficou calado durante um tempo, então se ajoelhou e fitou o chão.

– *Ìfeji*, meu pai. *Ìfeji* por tudo isso que tá acontecendo.

As três mulheres, que haviam parado de discutir assim que ele passara por elas, fitavam as costas recurvadas do velho. As palavras dele pesaram. Os ânimos arrefeceram. Ivone encarou a estátua de Ogum e sentiu seus olhos, acusadores, devolvendo o olhar. Saiu do salão, indo ordenar os preparativos para a festa, pois faltavam apenas dois dias e, com ou sem Lucimara, as coisas tinham que prosseguir. Sueli saiu logo em seguida, pois tinha compras a serem feitas para a festividade e encomendas para buscar. Seu coração estava pesado. Mesmo com a briga, não podia culpar nenhuma das mulheres.

Nhá Neca observava as outras saindo do salão, cravando os olhos em suas costas como facas, ainda com as mãos crispadas de ódio. Foi a última a sair do salão. Ainda arfava com raiva. Ivone a havia desafiado, acusando-a e ameaçando-a, antes de Sueli intervir e também se envolver na discussão. Nhá Neca precisava punir Ivone. Retomar o respeito que fora arranhado. Mas havia tempo. Pouco, mas havia.

Quando todas haviam saído do salão, Enésio suspirou. Conseguira evitar que a briga ficasse pior do que já estava. Ficou contente por isso, mas triste por muitas outras coisas. Primeiro Lúcia, depois Lucimara. E ele sabia que não pararia por aí.

– *Ìfeji* – repetiu, pedindo perdão mais uma vez, e saiu também, sem coragem de erguer os olhos.

◆

O restante do dia passou sem problemas. Nhá Neca saiu e não retornou mais naquele dia, e Sueli passou-o atarefada com as compras e pormenores da festa.

No dia seguinte, Ivone chegou cedo, praticamente acordando Sueli para que abrisse a porta. Disse que queria aprontar logo os detalhes que faltavam para a festa de Ogum, para não deixar tudo para a última hora. Sueli suspeitava que, assim como ela, Ivone não estava conseguindo dormir sossegada.

As duas estavam ajoelhadas no chão, terminando de costurar uma bainha bordada em uma toalha de mesa, quando descobriram que, além delas, mais alguém estava madrugando naquele dia.

– Só restamos nós três agora – anunciou Nhá Neca, com sua voz esganiçada e agourenta. – Mas, pelo visto, não ficaremos assim por muito tempo. Um de meus demônios me contou que pressentiu algo de ruim para você, Ivone – disse, sorrindo prazerosamente. – Na verdade, ele citou "algo terrível".

Ivone saltou de onde estava, largando tudo e avançando sobre a velha. Mas mal tocou no braço dela e um tapa extremamente forte a jogou de volta ao chão, surpresa com a agilidade e força da velha.

– Você enlouqueceu? Nunca. Nunca ouse tocar em mim novamente – sibilou a feiticeira.

– Foi você, velha maldita. Todas as mortes. Sei que foi você – Ivone gritou, com a mão cobrindo a face dolorida, onde finos vergões dos dedos ossudos da velha estavam estampados em vermelho.

Sueli apenas observava tudo, próxima da mesa onde estava abaixada há pouco. Se Nhá Neca havia derrubado Ivone, com todo aquele tamanho, não seria ela quem se aproximaria da feiticeira.

– Eu nada fiz. Apenas fico sabendo das coisas. Algumas pessoas realmente merecem morrer. Mas não tão depressa. As pessoas que cruzam meu caminho morrem aos poucos, definham, secando até os ossos, de forma lenta e dolorosa. Morte rápida não é vingança. É alívio. As mortes das outras foram obra de forças do Candomblé, com toda certeza.

– Não seja ridícula, velha. Agora está claro que nunca houve nenhum *egum* agindo. Tudo não passou de obra dos seus demônios – Ivone berrou, colocando-se de pé.

A velha deu um passo na direção da loira, mas Sueli se adiantou, colocando-se ao lado de Ivone.

– Nhá Neca, saia já deste barracão e nunca mais pise aqui. Se algum demônio se aproximar de nós, toda a comunidade vai saber que você foi a culpada. E nem todos os demônios do inferno poderão protegê-la. Você sabe disso. Acabou. Agora parta.

A boca da velha abriu e fechou por duas vezes, indignada, mas nada foi dito. O ódio faiscava em seus olhos e os punhos estavam tão crispados que mais pareciam garras, com as unhas rasgando as próprias palmas. Então a velha encarou as duas demoradamente e sorriu, mostrando as gengivas carcomidas. Depois gargalhou como uma hiena rouca. Por fim, virou-se e saiu, sem dizer uma palavra sequer, apenas rindo.

As duas mulheres demoraram um bom tempo para retornar ao trabalho. Não queriam admitir, mas ambas tinham medo da feiticeira e de seus demônios. E a risada que ela havia deixado no ar ainda ecoava em suas mentes como uma ameaça direta.

◆

Nhá Neca morava no subsolo de um cortiço, onde nenhum dos moradores cruzava seu caminho. Tinha um pacto de silêncio com os miseráveis que moravam ali. Eles não se metiam com ela e ela permitia que vivessem em paz. Umas das mulheres, que estava na janela observando a rua, rapidamente se recolheu, cerrando as cortinas assim que viu a velha despontando no fim da quadra.

Ela empurrou com violência a porta de seu porão, que não necessitava ser trancada. Desceu as escadas e seguiu pelo longo corredor, que terminava em uma sala onde havia dezenas de gaiolas. Galos, pombos, gatos, bodes e até mesmo as cobras se recolhiam para o fundo delas quando ela passava ao lado. Um bode negro não foi tão ágil. A velha abriu a porta e o agarrou pelos chifres.

– Venha aqui, bode desgraçado – ralhou, arrastando o animal, que deslizava nos cascos, para uma saleta nos fundos. – Preciso de você agora.

O animal foi sendo levado a contragosto até a frente de um altar. Ele berrava, enquanto seus cascos se chocavam inutilmente contra o chão.

Pentagramas, incensórios, imagens de demônios e pedaços de animais estavam espalhados pelos cantos e sobre os móveis deteriorados. Com pouco esforço, ela conseguiu derrubar o bode no chão e o arrastou de lado até que se deitasse sobre uma grande bacia. Imobilizando-o com o pé, usou uma das mãos livres para acender uma vela, enquanto com a outra retirava um pano que recobria um espelho sobre o altar. Olhou-se durante alguns minutos em silêncio, refletida no cristal, balbuciando uma evocação.

– Sou filha do tempo em que o Arauto vagava sobre a terra. Sou do tempo anterior ao do enxofre aprisionado. Escarro sobre os anjos. Ordeno ao inferno quem lhe é de direito. E por direito lhe cobro forças contra meus inimigos. Quero o sangue da mulher chamada Ivone. Dor. Laceração. Violação. Morte. Em troca oferto este sangue, direto dos cascos fendidos da pequena besta. – E, dizendo isso, abaixou-se e fincou brutalmente a faca que apanhou sobre o altar no bucho do bode, abrindo-o com violência. – E dou em oferenda as tripas, excrementos e a bile do animal – falou, ajoelhando-se sobre o bode que ainda estrebuchava, enfiando as mãos dentro de sua barriga e puxando tudo que conseguia para fora do corpo, depositando o conteúdo na bacia.

A mão recoberta com as imundícies do animal foi levada até a chama da vela e imediatamente um cheiro pútrido invadiu todo o ambiente. Nhá Neca olhou para o espelho e uma imagem começou a se formar. Ela gargalhou alto, lambendo o sangue da mão chamuscada.

– Senhor de todos os chifres. Belial, besta voraz. Aceite esta oferta. Em troca peço que faça o que sabe fazer melhor: leve a dor e a morte para minha inimiga.

O rosto enevoado no espelho se moveu, começando a tomar forma. A velha observou enquanto a silhueta de seu demônio ia se tornando nítida. Sorria contente. Inebriada pelo ódio e pela vingança que antecipava. Mas então, por um momento, a dúvida se instaurou em seu peito. Assustada, reparou que não era Belial quem estava no espelho. Algo afastara o demônio que ela evocara. E soube o que era mesmo antes de os contornos estarem nítidos.

Nhá Neca correu para a porta da sala, querendo fugir para a rua, onde não seria encurralada tão facilmente. Mas, ao abrir a porta, viu que os animais se debatiam brutalmente contra as portas das gaiolas. Muitas delas já estavam abertas e seus ocupantes avançavam em sua direção. Um gato saltou, fincando as unhas afiadas em sua perna antes que conseguisse fechar novamente a porta, isolando-se das bestas. Sem se preocupar com os arranhões, a feiticeira o puxou com violência e atirou-o na parede, de onde o animal caiu morto com um estalo seco.

– Você é morta, Nhá Neca. Morreu há muito. Morreu e vai para junto dos seus demônios.

A voz retumbou pela sala e lentamente a feiticeira se virou. Conhecia aquela voz. E ela fez sua espinha gelar. Sabia que não tinha para onde escapar. Teria que argumentar. Porém, assim que se virou, ficou ainda mais apavorada. Em pé, caminhando em sua direção sobre as patas traseiras, vinha o bode que ela havia imolado. Suas tripas e intestinos vinham sendo arrastados, ainda presos ao corpo. Nhá Neca tentou dizer algo, mas a voz não saiu. Somente conseguia fitar, petrificada, aqueles olhos baços, que ficavam cada vez mais próximos.

Ela resistiu bravamente, tentando afastar-se dos chifres que a golpeavam, porém um a um seus ossos foram cedendo. Seu corpo não tinha mais nada que lhe desse sustentação e ela já não mais reagia, inerte no piso imundo. O bode somente parou de atacá-la quando não conseguia mais distinguir em que parte golpeava. E então se deitou ao lado dela. Ambos mortos.

◆

No dia seguinte, muitas pessoas madrugaram. Era o dia da grande Festa de Ogum e todos queriam ajudar nos preparativos que faltavam. Até mesmo Enésio deixava sua carroça em seu barraco e não ia à busca do ferro-velho e papelão para poder auxiliar nos trabalhos. Desde cedo já estava com o martelo, pregando fitas e flores nas paredes. E foi de cima de uma escada que viu um rapaz se aproximar de Ivone e Sueli. Ficou observando a reação das duas, detendo as marteladas. Da distância em que estava só pode ouvir o nome de Nhá Neca, mas não precisava ouvir a frase toda para saber o restante da notícia. Bastava relacionar as mortes das outras mulheres e a expressão de espanto das que, certamente, eram as últimas duas sobreviventes.

As duas entraram no salão dos fundos, fechando a porta. Enésio resolveu que seria melhor terminar o que estava fazendo, pois a festa começaria em questão de minutos. Elas eram duas mulheres, afinal, não crianças que precisavam ser pajeadas a todo momento.

◆

– Bem, Sueli, é óbvio que uma de nós será a próxima a morrer, não é? – falou Ivone, mal a porta foi fechada. – Só restamos eu e você agora. Todos sabem que uma de nós controla o *egum*. Mas as coisas não precisam ser assim. Uma de nós desiste de controlar o barracão e podemos conviver em paz novamente. – A mulher deu um passo até encarar a outra a menos de meio metro. – Só que, neste caso, seria muito melhor que *você* sumisse daqui – completou, dando um empurrão em Sueli, jogando-a no chão.

A pequena não se intimidou. Levantou-se e, agarrando uma vasilha de oferenda que estava diante da estátua de Yori, arremessou-a contra a outra. Ivone era muito mais alta e forte, porém tinha mais de cinqüenta anos. A chinesa contava com quase quinze anos a menos, o que lhe dava mais agilidade. Tudo que ia ao alcance das mãos da pequena era arremessado contra a grandalhona, que apenas desviava e esperava o momento certo para se aproximar.

– Eu praticamente nasci aqui, Ivone. Não abriria mão do meu lugar por nada neste mundo – gritou Sueli, tentando pegar um vaso sem conseguir erguê-lo. – Eu amo este lugar e faria tudo por ele.

Aproveitando-se do erro da chinesa com o vaso, a loira deu um salto e agarrou-a pelo braço.

– Então que tal morrer por ele? – respondeu Ivone, desferindo um soco no rosto da chinesa, sem largar seu braço. E continuou desferindo um murro após o outro até que Sueli, tonta e com o rosto ensangüentado, conseguiu morder a mão que a segurava.

A chinesa correu para a porta, tentando fugir do salão. Sentia o sangue da mulher em sua boca e sabia que ela a mataria se conseguisse alcançá-la novamente. Quando tocou no trinco, sentiu os cabelos sendo puxados. Seu corpo foi lançado no lado oposto do salão. A estátua de Ogum caiu sobre ela. O peso esmigalhando os ossos de sua perna direita. Com esforço, conseguiu empurrar a estátua, recolocando-a de pé. Quando tentou se erguer, sentiu mãos em sua garganta. Ivone estava estrangulando-a.

E foi então que viu a bruma surgindo, enquanto Ivone a matava. A princípio, não discerniu uma imagem nela, apesar de ter certeza de que se tratava de uma entidade. E sabia ser a mesma que matara todas as outras mulheres. Então, finalmente seus olhos reconheceram quem ela era. Observou a estátua, onde se segurava para manter o equilíbrio, e fitou novamente a figura que surgia da bruma.

– Ogum – balbuciou, arregalando os olhos.

O instante que Ivone levou para olhar por sobre o ombro foi o necessário para que Sueli arrancasse a espada da mão da estátua de Ogum e a cravasse na barriga da oponente. A pressão das mãos diminuiu imediatamente e a loira cambaleou para trás. Olhava abismada, ora para Sueli, ora para a imagem de Ogum, completamente materializada ao seu lado. Um negro alto e muito musculoso, vestido com um forte azul que fazia pouco contraste contra sua pele, a encarava a menos de um metro.

– Ogum, meu pai, então não foi um simples *egum*. Foi você quem matou todas – disse, sentindo o sangue escorrer do corte, onde a espada ainda estava cravada. – Por que, meu pai? Por que deixou essa chinesa impura comandá-lo? Isso não pode ser possível!

O orixá não respondeu. Apenas caminhou na direção de Ivone, que cambaleou, sentindo as pernas fraquejarem, e tombou no chão. Logo depois o sangue escuro escorria pela boca e Ivone não se movia mais.

◆

O som dos atabaques começou do lado de fora do salão, vindo da frente do barracão. Enésio entrou discretamente no salão. Viu que Sueli estava parada, apoiando-se em apenas uma das pernas, e que a outra parecia ferida. Ogum estava ao lado do corpo de Ivone, que tinha uma espada cravada no estômago. Entendeu tudo no instante seguinte ao ver que, apesar da dor visível, Sueli sorria.

– Obrigada, pai Ogum, pelo socorro na última hora. Como sempre faz com seus filhos. Agradeço e peço sua bênção, neste que é o dia dedicado à sua festa – disse a mulher.

Ogum não respondeu. Estava de olhos fechados, aparentemente ouvindo os tambores. E sorria. Enésio estava à porta, de cabeça baixa, estático.

– *A dúpé*, Pai Ogum. Minha *emi* de agora em diante será sua – falou Sueli, ofertando sua vida ao orixá, enquanto se ajoelhava devido à dor na perna. – Só tenho uma pergunta: por que tudo isso, toda essa violência?

Ogum abriu os olhos e encarou Sueli. O fogo de seu olhar assustou a chinesa, mas ela tentou ocultar o medo. Ele havia protegido-a, afinal. Não havia o que temer. Mas, mesmo pensando assim, sua espinha sofreu um forte arrepio quando o orixá arrancou a espada da barriga de Ivone e o sangue pastoso pingou de sua ponta para o chão.

– Tudo foi feito para deter as mudanças – respondeu o santo, com sua voz estrondosa.

– Entendo – murmurou Sueli. – Mas não precisa mais se preocupar com isso. Sei que as coisas desandaram quando Mãe Gina morreu, mas eu sei o que ela desejava. Fui criada por ela desde menina. Aprendi tudo. Também aprendi apenas as melhores coisas de cada uma das outras, de Nhá Neca, Lucimara, Lúcia e até mesmo da Ivone. Vou cuidar para que apenas as coisas boas sejam incorporadas aos costumes antigos. – Ela sorria como uma criança feliz mostrando conhecimentos ao pai.

No entanto Ogum não sorria mais. Ele apenas caminhava na direção da mulher ajoelhada. A espada, pingando sangue, ainda na mão direita. Em seus olhos, a raiva. Sueli olhou para Enésio, procurando por auxílio. O velho permaneceu de cabeça baixa e ela compreendeu que não sairia dali viva.

– Tudo deve permanecer exatamente como era antes – falou Ogum, ríspido, erguendo a espada.

A pequena chinesa não gritou quando teve a cabeça dividida violentamente pela lâmina. Enésio também não esboçou nenhuma reação; permaneceu parado junto à porta, fitando tudo com expressão de respeito. Quando Ogum o encarou, ele apenas gesticulou, pedindo sua bênção. Ele se aproximou do velho, pousou as mãos etéreas em seus ombros e o abençoou, desaparecendo aos poucos no ar, mas permanecendo ali: afinal, aquele era seu dia e havia uma festa para ser celebrada.

◆

Atabaques, agogôs e palmas, este é um som quente. Sei que vai entender quando digo que é tão quente quanto sangue. Sinto seus velhos ossos se enchendo de juventude também. Sinto isso através de seu corpo. Vá, entre na ginga. Bata os pés no chão e esqueça do cansaço. Libere sua energia para mim, em minha homenagem. Essa força antiga, sem a influência dessa nova bruxaria, desses demônios estúpidos e da cobiça dessa gente com a cabeça afastada do coração. Seu suor na dança é tudo de que o barracão precisa. *A dúpé*. Gosto de outras coisas também, mas elas não vêm ao caso. Não agora, pelo menos. Hoje quero festa. A mesma festa de tantos anos. Hoje sou rei. E nenhuma pessoa pode dominar um rei. Sei que você não achou que as mulheres estavam me conduzindo. O rei conduz. Minha força veio de seu desejo. Do desejo de todos aqui. Ninguém quer mudanças. Nem ninguém para substituir Mãe Gina. O barracão é independente. A velha guarda está aqui para tudo. E eu também. Para tudo. Eu guio vocês. Isso eu faço bem. Dance, meu filho. E cuide para que tudo permaneça como era antes. Ou eu faço tudo voltar a ser como era antes. Do meu jeito. *Ajogún!*

ALEXANDRE HEREDIA

PARA ALEXANDRE HEREDIA nenhum tema é tabu. Suas tramas fogem das convenções adotadas, oferecendo surpresas e pontos de vista completamente diferentes daqueles aos quais estamos habituados. Suas histórias mesclam fobias, apreensões e reações tão tipicamente mundanas que imediatamente nos identificamos com seus protagonistas e passamos a nos preocupar com seus destinos – sempre incertos e surpreendentes.

Em *Cândido* somos atirados em uma realidade desesperançosa e solitária, onde percebemos que a magia do mundo não é algo que possa ser criado apenas conscientemente. Aqui, a magia pode nascer de sentimentos intensos como o amor e a paixão, o ciúme e a posse. Percebemos que cada ação, por mais altruísta que pareça, pode trazer em seu rastro conseqüências nefastas e imprevisíveis, arriscando nossa própria sanidade.

CÂNDIDO

A PRIMEIRA COISA QUE VI, por mais clichê que possa parecer, foram seus olhos.

Mentira.

Mal os vi, pois estavam baixos, apagados, como se a vida lentamente fugisse por aquelas pupilas dilatadas. Olhos amarelados, emoldurados pelo rosto coberto de pêlos negros e brilhantes, apesar de sujos pela vida na rua. Chamei-o. Ele levantou um pouco a cabeça, o focinho comprido e elegante demonstrando que podia até ser um vira-lata, mas com resquícios de algum *pedigree* mesclado à sua linhagem. As orelhas fizeram menção de se erguer, mas a chuva não permitiu. Vem cá, chamei-o novamente, ignorando qualquer prudência. Era madrugada, eu estava sozinha. O cenário perfeito para uma tragédia. Vem! Não vou machucar você. A chuva caía impiedosa em sua cabeça. Entre nós, apenas a estreita faixa de asfalto da rua. Chamei-o mais uma vez, quase suplicando. Por que razão sentia uma compulsão em ajudar aquele enorme cachorro negro? Mas ele não se movia. Permanecia lá, miserável, mal se equilibrando sobre uma pata ferida.

Entrei em casa e corri até a cozinha. Da geladeira retirei um pacote de salsichas. Só haviam sobrado duas do jantar. Quando voltei à soleira da porta ele continuava lá, esperando pela morte que se recusava a chegar. Sacudi as salsichas no ar. Ele as viu e lambeu os beiços. A fome normalmente é mais forte que a autocomiseração. Eu bem que sei. Atravessou a rua sem se preocupar com algum possível carro que aparecesse. A fome superou quaisquer apreensões que pudesse ter. Veio mancando, a pata dianteira esquerda mal tocando o chão. Parou novamente assim que chegou à minha calçada. Agachei e estendi as salsichas à minha frente. Ele continuou à distância, a cabeça baixa. Arranquei um pedaço da salsicha e o atirei em sua direção. O pedaço caiu a seus pés, numa poça d'água. Ele cheirou o pedaço e o abocanhou, mastigando com vontade. Gostoso, né? Quer mais? Vacilante, ele deu mais alguns passos em minha direção. Havia um pouco mais de vida em seus olhos agora, assim como provavelmente nos meus. Estendi as salsichas em minha mão aberta. Ele as cheirou por um instante e em seguida as abocanhou, recuando alguns passos. Deitou-se então sob a chuva e comeu. Quando terminou, fez menção de sair correndo, mas a pata ferida não permitiu.

– Venha – chamei, ainda não desistindo dele. Na entrada de minha casa tem um pequeno nicho entre a rua e a porta. Pequeno, mas o suficiente para protegê-lo da chuva que caía incessantemente. Ele me olhou sem compreender. E as salsichas tinham terminado.

Entrei novamente e procurei por uma caixa que tinha certeza que havia guardado desde minha última visita ao mercado. Enquanto vasculhava cada canto de minha casa pensei pela primeira vez a respeito do que estava fazendo. Era plena madrugada, eu tinha que trabalhar no dia seguinte. Devia estar dormindo e não tentando atrair um vira-lata para dentro de casa. Mas as dúvidas desapareceram assim que encontrei a caixa. Desfiz os encaixes, transformando-a em um tapete improvisado, que deixei no nicho à frente da porta, perto do relógio de gás. Mostrei a ele. Ele me olhou, mas não se moveu. Em vez disso, começou a lamber a pata ferida, ganindo baixinho. Não consegui evitar a frustração.

– Pára com isso! – gritei, às lágrimas. – Por que você não fica comigo? Por que não me deixa cuidar de você? Será que eu sou assim tão repugnante? – Sentei-me ao pé da porta. – Merda, merda, merda! Merda de vida!

Abracei os joelhos e chorei. Sentia-me a última de todas as criaturas, uma idiota rejeitada pelo mundo. Primeiro Luiz, que me trocou por minha ex-suposta-melhor-amiga. Agora aquele maldito cachorro preto, que mesmo ferido e faminto se recusava a se aproximar, como se minha mera companhia fosse algo indesejável.

O tamborilar de unhas compridas sobre papelão me trouxe de volta à realidade. O cachorro se aproximou, subiu na caixa desmontada, girou duas vezes em volta do próprio corpo e se deitou. Olhou diretamente nos meus olhos pela primeira vez. Sorri e afaguei o topo molhado de sua cabeça.

◆

Na manhã seguinte ele havia desaparecido. Observei o papelão manchado jogado na entrada por alguns instantes antes de sair de casa. Então tomei o ônibus e fui até o trabalho. Mas por alguma razão eu não conseguia tirar da minha cabeça aquele cachorro. Ao final do dia, passei em um *pet shop* e comprei um pacote de ração e um de biscoitos. Perguntei ao atendente como tratar o machucado em sua pata. Ele, oportunista, aproveitou para me vender um anti-séptico veterinário. A compra saiu cara, principalmente levando em conta meu orçamento apertado e a séria possibilidade de que eu nunca mais visse aquele cachorro em minha vida.

Chegando em casa coloquei um pouco de ração em um pote, que deixei sobre o papelão na entrada. Entrei, tomei um banho rápido e comi um macarrão instantâneo. Depois fui até a porta. Nada. Já passava das nove da noite. Deixei a porta aberta e sentei no sofá. Queria ter dinheiro para comprar uma televisão mas, na falta, tinha de me contentar com meus próprios pensamentos. E, infelizmente, estes sempre tendiam para assuntos desagradáveis.

Inevitável lembrar de Luiz naquela hora. O desgraçado fazia questão de me azucrinar mesmo a relação tendo terminado de maneira tão abrupta. Mas a ferida era muito recente para ser assim esquecida. E a vaca da Ellen, então? Se fazendo de minha amiga, minha confidente, e na primeira oportunidade dá o bote e toma meu namorado! Piranha, vagabunda, escrota! Luiz nem era seu tipo!

Com certeza tinha roubado-o apenas para provar que podia mais do que eu. Mas aquilo não ficaria assim! Ela que esperasse só!

E o Luiz? Era o que dava namorar um cara bonito. Tão inteligente, tão descolado, tão... Tudo! Se fez de bonzinho, de apaixonado e na primeira prova de fidelidade falhou, vergonhosamente. E depois de tudo que eu tinha feito por ele! Desgraçado, puto, babaca! Agora que ele estava finalmente de cara limpa podíamos ter uma vida maravilhosa juntos, mas o idiota fez questão absoluta de jogar tudo na privada por causa de uma foda casual com uma putinha qualquer!

De repente senti sua presença, antes mesmo de ouvir o ruído de suas unhas compridas pelo piso e da respiração pesada, como se ele tivesse corrido vários quarteirões até minha porta. E lá estava ele. Mesmo seco, seu pêlo ainda brilhava. A pata machucada pendia, aparentemente em pior estado que na noite anterior, com sangue ressecado e sujeira cobrindo o ferimento. Cheirava a comida no pote e se sobressaltou quando me aproximei. Ergui as mãos e abri um sorriso.

– Pode comer. É para você.

Ele me olhou desconfiado. Fiquei de cócoras a um metro da porta. Ele continuou me observando por um tempo, mas logo o estômago falou mais alto e começou a comer a ração. Aproveitei sua distração e sentei na soleira da porta, observando enquanto se fartava. Terminou rapidamente, lambendo até mesmo os farelos no fundo do pote. Logo em seguida, deitou-se no papelão e passou a lamber a ferida. Lembrei-me do anti-séptico e fui buscá-lo na cozinha. Apanhei também um chumaço de bolas de algodão, o pacote de biscoitos para cachorro e em seguida voltei à porta. Deixei tudo no chão e me sentei. O ferimento estava bastante infeccionando e se não fizesse alguma coisa ele podia morrer por causa daquilo. Afaguei sua cabeça de leve. Seu pêlo era espesso e estava bastante sujo, mas mesmo assim agradável como um carpete.

– Ei, garotão, que tal se eu fizesse um curativo nessa sua patinha? Você deixa?

Claro que "patinha" era um eufemismo carinhoso. Era uma pata grossa, forte, que se eu não tomasse cuidado podia ser até letal, mesmo ferida como estava. Assim que ele percebeu minha intenção, se levantou, me olhando meio de lado. Não rosnou, mas eu sabia que se não fosse com cuidado iria assustá-lo. Ele não entendia o que estava acontecendo, não sabia se podia confiar em mim. Recuei e peguei um biscoito no pacote.

– Quer?

Ele cheirou o ar por um instante. Acho que nunca comera um biscoito na vida, dada a voracidade com que o mastigou quando eu o entreguei a ele. O rabo longo e peludo abanou de um lado para o outro quando terminou. Quer mais um? Vai ter que vir até aqui para pegar. Ele veio. Pegou o biscoito de minha mão e o engoliu quase sem mastigar. Aproveitei e acariciei um pouco mais sua cabeça. Já se sentido mais seguro, deitou-se sobre meus pés e se deixou acariciar. Ficou um pouco tenso quando me aproximei de sua pata machucada, mas não fez menção de ir embora. Rapidamente embebi uma bola de algodão com o anti-séptico e a passei na ferida. Ele se assustou. Fiz um pouco mais de carinho e depois continuei. Demorou um bocado, mas ele deixou que eu terminasse o curativo. Enfaixei sua pata com um rolo de gaze e prendi com esparadrapo bem firme para que não caísse nem se ele lambesse. Quando terminei, ele estava dormindo.

– Você precisa de um nome. Com você gostaria de ser chamado?

Ele ignorou minha pergunta, tão ferrado estava no sono. Até ressonava.

– Você me lembra aquele deus egípcio, Anúbis. Isso, Anúbis é um bom nome.

Fiquei acariciando-o ainda por um tempo antes de ir eu mesma dormir.

◆

O ritual se repetiu nas noites seguintes. Ele aparecia, comia, brincava um pouco e dormia. A pata rapidamente sarou e ele logo se acostumou com o nome. Minhas noites só ficavam completas depois de passar um tempo com ele. Sua presença me revigorava, me estimulava. Eu já não chorava tanto, já não me achava a última criatura da Terra, a formiga debaixo do cocô do cavalo do bandido. Eu finalmente tinha um companheiro fiel. E daí se não era humano?

Mas não tem jeito. É só eu me sentir bem e parece que o mundo conspira contra mim, como se minha felicidade fosse algo antinatural, uma aberração cósmica e cármica, como minha avó costumava me chamar. Na primeira noite em que eu não pensei em Luiz, ele reapareceu. Eu estava preparando a refeição de Anúbis quando a campainha tocou. Assim que vi sua cara-de-pau pelo olho mágico, mandei-o embora sem nem ao menos abrir a porta. Mas ele não desistiu: Ô, Lu, não faz isso comigo, não. Pelo menos me deixa entrar. Mordi o lábio e segurei minha mão, que involuntariamente já se encaminhava para a chave pendurada na fechadura. Vai embora! Não faz isso, Lu. A gente precisa conversar. Vai conversar com a Ellen! Vai que vocês se merecem! Lu, me deixa entrar. Deixa eu me explicar.

– Não tem nada pra explicar! Você acha que eu sou tonta?

Olhei novamente pelo olho mágico. Ele tinha um buquê de rosas na mão. Vermelhas. Era tão idiota que nem se lembrava de que eu odiava receber flores! Ainda se fossem chocolates! E recomeçou a ladainha: Lu, me dá uma chance. Chance? Você teve sua chance e cagou tudo, seu merdinha. Agora já era! Ele não desistiu. Tá, eu errei! Pisei na bola. Mas, pombas, isso acontece! Podia ter acontecido até mesmo com você! Podia, mas não aconteceu. Mas se tivesse acontecido com você eu não ia te abandonar sem te dar a chance de se explicar! Pô, Lu, me dá uma chance? Me perdoa! Depois de todo esse tempo você vem e quer que eu te perdoe? O que aconteceu? A Ellen já te deu o pé na bunda? E agora você acha que eu vou aceitar você assim, na boa? Já era! Perdeu a chance, pisou na bola. Agora cai fora que eu tenho mais o que fazer! Porra, me dá uma chance, Lu!

Por alguma razão irracional decidi atacar onde doía.

– A fila já andou, Luiz...

Foi impressionante como a frase surtiu efeito imediato. A cara de triste desapareceu, substituída por uma expressão de raiva misturada com surpresa.

– Como é que é?

Eu não podia recuar agora: Você achava o quê, que era o último biscoito do pacote? Agora vai embora que daqui a pouco ele chega e não quero que te encontre aí. Na mosca. Ele espatifou o buquê no chão. Pois daqui eu não saio! Quero ver quem é esse cara! Eu mato, viu? Juro que mato!

Pronto, agora minha mentira seria escancarada. Pensei em chamar a polícia, mas não queria ter que lidar com um escândalo daqueles. Não que eu me preocupasse com a opinião de meus poucos vizinhos, mas nem por isso queria me tornar o assunto da semana. Precisava pensar, achar uma solução...

– Ahn, Luana?

O que foi agora?

– É, bem... Tem um baita cachorrão aqui na tua porta. Ele tá rosnando pra mim...

Anúbis!

– Luiz, sai bem devagarinho. Não faz nenhum movimento brusco. Vai embora que ele não ataca. Vai embora e... – respirei fundo – não volta mais!

– Ah, puta merda!

Destranquei e abri a porta num impulso assim que ouvi os rosnados de Anúbis, já prevendo o pior. Assim que saí, vi o cachorro parado, de costas para mim, o tórax tremendo a cada rosnada. Sua postura era ameaçadora, tanto que temi sequer encostar a mão nele. Não vi sinal de Luiz. Chamei Anúbis ainda tremendo. Ele se virou e sua raiva desapareceu assim que me viu. Sacudiu alegremente o imenso rabo peludo e se aninhou entre minhas pernas. Abaixei-me e esfreguei seu pescoço. Ele lambeu meu rosto afetuosamente. Procurei por algum sinal de Luiz na rua, mas não encontrei nenhum. Aparentemente, tinha desaparecido no ar. Sentei-me na soleira e Anúbis pousou sua cabeça em meu colo, me olhando cheio de carinho com aqueles olhos amarelos tão expressivos. Penteei seus pêlos com os dedos. Ah, Anúbis, o que você fez com ele? Ele levantou a cabeça, virando-a para o lado, como se tentasse compreender o que eu estava dizendo. Entrei em casa para pegar a ração. Não sei por que, mas tudo aquilo havia me deixado deprimida. Deixei a comida de Anúbis na entrada e me sentei na soleira da porta. Ele queria comer, mas quando me viu aos prantos sentou-se ao meu lado e colocou a pata em meu colo. A pata que eu havia ajudado a curar. Mesmo chorando, forcei um sorriso e o abracei.

– Ah, Anúbis. Se ao menos eu tivesse um namorado tão carinhoso e fiel como você...

◆

Na noite seguinte Anúbis não apareceu. Nem na outra. Na terceira eu já estava novamente devastada por mais uma perda em minha vida. Algo devia ter acontecido. Ele podia ter sido atropelado, comido algo envenenado ou mesmo sido levado pela carrocinha. Arrependi-me de não ter comprado para ele uma coleira. Mas, com a grana curta, tinha deixado para o mês seguinte. E agora podia ser tarde demais. Fiquei sentada por algum tempo na soleira da porta, o pote de comida cheio, o papelão manchado vazio, o coração em pedaços.

Percebi que não conseguiria dormir caso não descobrisse o que tinha acontecido com Anúbis. Entrei em casa, coloquei uma blusa e saí para a rua, os bolsos cheios de biscoito para cachorro. Dei uma volta no quarteirão inteiro chamando-o. Circundei mais dois quarteirões próximos, sem resultado. Já estava ficando tarde. Meu bairro é perigoso demais para ficar circulando sozinha de madrugada, por isso voltei para casa, na esperança de encontrá-lo em minha porta, comendo e abanando o imenso rabo peludo. Mas ele não estava lá. Seu pote de comida continuava da mesma maneira que eu havia deixado. Chamei-o mais algumas vezes, sem muita esperança. Incerta se eu deveria desistir ou continuar, fiquei simplesmente parada na frente de minha casa, olhando para cada sombra na rua. Foi quando ele apareceu.

Não, não Anúbis, mas um rapaz alto, loiro, completamente nu. Andava cambaleando, as pernas inseguras, o equilíbrio precário, como se estivesse bêbado, drogado ou em meio a um ataque de labirintite. Aparentemente, não se incomodava por estar nu. Os cabelos longos e desgrenhados cobriam quase completamente sua face. Seu corpo era alvo e brilhante à luz da lua cheia. Era impossível não notá-lo. E ele vinha em minha direção. Não sei por que não fugi. Mas havia algo em seus olhos que denotava uma incrível bondade, quase beirando a estupidez. Quando me viu, parou e abriu um sorriso torto, como se o próprio ato de sorrir fosse-lhe algo estranho.

– Quem é você? – perguntei, sem realmente esperar uma resposta coerente. Sem dúvida era algum maluco ou retardado. Mas não parecia perigoso. E estava me olhando de uma maneira divertida. – Você está perdido?

Ele semicerrou os olhos, como se tentasse tirar algum significado de minhas palavras. Percebi que não conseguiria me comunicar e fiz menção de entrar em minha casa. Ele não me impediu, mas caminhou até a entrada, sentando a bunda nua na mureta. Parei na porta, olhando-o intrigada. O mais racional seria que eu trancasse a porta, chamasse a polícia e pronto, me livraria daquela figura estranha de uma vez por todas. Mas, como minha mãe sempre me dizia, esperteza nunca foi o meu forte. Fiquei interessada por aquela figura desnuda parada à minha porta. Havia algo familiar naqueles olhos, algo que despertava piedade e confiança, mesmo que a situação inspirasse totalmente o oposto. Aproximei-me novamente. Ele se ergueu quase de um salto, se desequilibrando. Segurei seu braço e evitei que caísse de costas na calçada. Ele riu aquela risada torta novamente.

– Venha para dentro – me flagrei dizendo. – Tenho umas roupas aqui que acho que podem te servir. Você não pode andar por aí pelado desse jeito.

Ele não pareceu compreender minhas palavras, mas entrou quando indiquei o caminho. Observou cada canto da minha sala com uma imensa curiosidade. Se não tivesse tanto problema em controlar as pernas, com certeza correria de um lado para o outro. Sentei-o no sofá e pedi para que ficasse lá. Ele obedeceu, mas não parou de olhar para os lados. Subi as escadas e entrei em meu quarto, onde peguei uma muda de roupa que Luiz havia esquecido, torcendo para que servisse. Retornei à sala e entreguei as peças a ele, que as pegou e olhou sem compreender direito o que faria com aquilo. Desdobrou e cheirou cada peça. De repente fez uma careta de nojo e jogou-as no chão.

– Ei!

Abaixei para recolher as roupas e coloquei-as todas emboladas novamente em seu colo. Ele olhou as roupas por um instante e tornou a jogá-las no chão.

– Ah, puta merda! Tá bom, se você não quer se vestir, ao menos use um roupão para cobrir esse... essa coisa aí! Vou buscar um. Não sai daí!

Ele obedeceu sem problemas enquanto eu recolhia as roupas espalhadas e as levava para o andar de cima. Peguei meu roupão velho, que com certeza mal o cobriria, e desci. Joguei-o em seu colo. Ele olhou para a peça atoalhada sem saber o que fazer. Mexeu aqui e ali e olhou para mim com uma grande interrogação no rosto.

– Ai, meu saco! Dá aqui, eu te visto. Vem, levanta!

Ele obedeceu de um salto, quase caindo ao se levantar. Tive que segurá-lo mais uma vez para evitar que se espatifasse no piso. Assim que consegui equilibrá-lo, virei-o de costas para mim e joguei o roupão aberto sobre seus ombros. Virei-o mais uma vez e amarrei o cordão em sua cintura. Como eu temia, era muito curto e apenas cobriria suas partes enquanto ele estivesse de pé. Mas era o melhor que eu poderia fazer.

– Você tem um nome? – perguntei. – Nome? – repeti. Nenhuma compreensão. Apontei para mim mesma – Meu nome é Luana. Lu-a-na – apontei para seu peito. – E você?

Nada. Nenhum sinal de entendimento. Era como conversar com um filhote de macaco. E agora, o que eu faria com ele? Pensei seriamente em colocá-lo para fora, afinal não era problema meu. Mas por alguma razão simplesmente não o fiz. Havia alguma coisa naqueles olhos azuis, algo que me fazia confiar nele. Não acredito nessas bobagens de premonição ou sexto sentido como acreditavam minha mãe e minha avó, mas de algum modo a idéia de mantê-lo ali me parecia instintivamente correta. Além do mais, estava muito tarde para descobrir de onde ele viera.

– Hoje você dorme aqui – disse finalmente. – Amanhã de manhã eu te levo para uma delegacia e a gente resolve isso. Com certeza deve ter alguém te procurando por aí. Vou trazer um travesseiro e um cobertor e você se vira aí no sofá. Mas sem gracinhas, tá bom? Não tem nada de valor para roubar por aqui, então nem se preocupe com isso. E eu tenho um revólver embaixo do meu travesseiro – blefei. Ele ouviu cada palavra, mas duvido que tenha compreendido qualquer uma delas. Subi ao meu quarto, peguei um travesseiro e um cobertor e desci. Tive que deitá-lo e cobrir seu corpo como se ele fosse um bebê. Então voltei ao meu quarto, me troquei e me deitei. Assim que encostei a cabeça no travesseiro lembrei-me de Anúbis e de como a aparição daquele rapaz me havia feito esquecê-lo completamente. Senti um peso na consciência, mas não me movi. Tentei esquecer o que poderia ter acontecido a ele e como resolveria o problema que estava deitado em meu sofá naquele exato momento.

Naquela hora, quando finalmente parei para pensar friamente, era realmente uma loucura o que eu estava fazendo. Dando abrigo para um mendigo meio estúpido, provavelmente retardado, que apareceu nu na porta de minha casa! Se eu contasse aquilo para alguém, com certeza me taxariam de louca! E os potenciais riscos? Ele podia ser um maníaco homicida, um pervertido, um psicopata! E estava lá, dormindo em minha sala! "Toda ação na vida tem uma conseqüência", era o sermão reincidente de minha avó. Pensei novamente em chamar a polícia, mas não me mexi. Pelo contrário, tentei espantar aqueles pensamentos mórbidos e me ajeitar melhor na cama. Tamanha era minha concentração em evitar preocupações que só percebi a porta se abrindo quando a dobradiça rangeu ao final do percurso. Sentei no colchão e vi seu vulto parado ao pé da porta. Era agora. Pronto, sua burra, você trouxe um tarado para dormir em sua casa. Satisfeita, vovó? Congelei de medo. Ele caminhou rapidamente até o pé de minha cama e saltou sobre o colchão. Então engatinhou de cabeça baixa até próximo de minhas pernas, se aninhando no vão posterior de meus joelhos dobrados. Se encolheu em posição fetal e lá ficou.

Aquilo era bizarro demais! Ele pretendia dormir ali, comigo? Quero dizer, dormir mesmo?

Não sei por que razão afaguei sua vasta cabeleira emaranhada. Ele suspirou e adormeceu. Assim como eu, de exaustão, algumas horas depois.

◆

Na manhã seguinte ele havia desaparecido. As únicas provas de que ele estivera por lá eram o roupão jogado na porta da frente, que ele deixou escancarada em sua fuga, e o fato de *todas* as roupas que Luiz deixara em meu armário estarem destruídas. Não sobrou nem uma meia para contar a história. Desastre total. Tive que recolhê-las com uma vassoura, para se ter noção. Não prestavam nem mesmo para doação. Aquilo me irritou. Como é que minha avó dizia mesmo? "Nenhuma boa ação fica sem uma punição." É, acho que era isso.

A única boa notícia foi ver o pote de comida de Anúbis vazio. Podia ser que outro cachorro tivesse aparecido e se fartado, mas eu preferia acreditar que não. Não havia ainda perdido as esperanças em encontrá-lo, e só aquela perspectiva já foi o suficiente para que eu fosse trabalhar tranqüila. Mas não consegui parar de pensar no que havia acontecido na noite anterior. A imagem daquele corpo magnífico, nu em minha cama, não me saía da mente. O rosto inocente, os cabelos louros rebeldes, os olhos claros, tudo me dava calafrios, somados com eventuais ondas de calor que me subiam pelas entranhas, o que acabava de vez com qualquer chance de concentração. Nem mesmo quando tomei uma bronca de minha supervisora eu melhorei. Trabalhar como depois de tudo o que aconteceu?

De noite, quando cheguei em casa, já não sabia mais quem eu realmente esperava encontrar. Era pouco provável que qualquer um dos dois retornasse, mas apenas a perspectiva já me acalentava. Preparei minha janta e a de Anúbis automaticamente, deixando o pote de ração na porta de entrada. Acendi um cigarro depois que acabei de comer e fiquei lá, observando a lua cheia por entre as nuvens. Desejei conhecer algum dos rituais que minha avó sempre fazia, que pudesse ser realizado naquela noite tão magnífica. Algo ligado à fertilidade, ao amor, essas coisas. Algo que apagasse aquela chama em minhas entranhas. Ou que a incendiasse de uma vez, tanto fazia.

Minhas fantasias foram então interrompidas por um ruído na rua, um roçar na parede externa de minha casa. Levantei-me e olhei para a fonte do ruído e lá estava ele, nu como na noite anterior. Usava a parede como apoio às pernas bambas. O rosto demonstrava cansaço, mas em seus olhos era possível distinguir um pouco de sanidade. Aproximei-me.

– Onde você foi? O que aconteceu?

Ele abriu a boca, mas o ruído que saiu de sua garganta foi quase um gargarejo. Tentou novamente, sem efeito. Queria se comunicar, um claro avanço da noite anterior. Tirei a franja embaraçada da frente de seu rosto, prendendo os cabelos revoltos atrás de sua orelha, descortinando seu rosto delicado, quase angelical. A boca continuava abrindo e fechando, mas nenhum som inteligível saía dela. Acariciei seu queixo. Acalme-se. Pronto, não precisa falar nada. Venha, vamos entrar, está muito frio para você ficar assim. Venha.

Mas ele se recusou a se mover. Continuava com seu angustiante movimento labial, a garganta pulsando como a de um sapo, como se o ar simplesmente se recusasse a sair por aquela rota. Fechou os olhos. Uma gota de suor escorreu por sua testa franzida pelo esforço. Temi que estivesse passando mal, que tivesse comido algo estragado. Pensei em enfiar meu dedo em sua garganta e induzir o vômito, mas temia que ele me mordesse. Oh, meu Deus, pensei, e se fosse um ataque epilético? O que eu faria?

De repente ele respirou fundo. Abriu os olhos e se endireitou. Segurou-me pelos ombros olhando-me diretamente em meus olhos. Abriu a boca mais uma vez e disse:

– Luh-Ahn-Nah.

Quase fui às lágrimas quando percebi que todo aquele esforço tinha sido para que ele conseguisse dizer meu nome. Abri um sorriso e o abracei. Tomando-o pela mão, guiei-o para dentro de casa. Ele continuou falando meu nome, como que treinando, se aperfeiçoando. Após algumas repetições, já conseguia falar quase normalmente. Eu não me cansava de ouvir aquelas sílabas saindo de seus lábios. Levei-o até o banheiro e o coloquei embaixo do chuveiro. Estava sujo e suado, precisava urgentemente de um banho. Se debateu um pouco quando o primeiro jato d'água atingiu suas costas, mas eu o acalmei com carinhos. Ele logo curtiu a idéia do banho e se deixou lavar. Esfreguei cada pedaço de seu corpo, removendo toda a sujeira e mácula daquela pele macia. Lavei e penteei seus cabelos. Ele adorou a experiência. Eu também. Enrolei uma toalha em volta de sua cintura e o levei para a cama. Deitei-me. Ele novamente se aninhou em minhas pernas, aprontando-se para dormir.

Mas eu tinha outros planos para aquela noite. Ele não ia me deixar na mão de novo. Puxei-o delicadamente para cima, de modo que apoiasse a cabeça ao meu lado no travesseiro. Ele pareceu desconfortável, como se não gostasse da posição em que o coloquei, de costas para o colchão. Deixei-o se ajeitar e ele se virou de lado, os olhos fixos nos meus.

– Lua-na.

Abandonei qualquer resquício de prudência e liberei meus instintos. Beijei-o. Ele inicialmente se assustou, mas depois se deixou levar. Quando percebi, sua toalha já estava no chão. Desci minha mão, navegando lentamente por todo o seu corpo. Ele gemeu dentro de minha boca quando o toquei. Mordi de leve seu lábio. Não lembro exatamente como me despi.

De repente, algo aconteceu com ele. Deu um salto na cama e me virou grosseiramente de bruços. Enfiou uma das mãos por baixo de minha anca e a ergueu. Eu estava excitada demais para impedi-lo. Colocou-me de quatro e me penetrou de uma só vez. Gritei, mas não de dor. Ele não se fez de rogado e continuou, entrando e saindo de dentro de mim numa velocidade assustadora. Arfava, gemia, uivava. Minhas unhas rasgavam os lençóis. As dele, a pele de minhas costas.

Tudo durou apenas alguns minutos. Mas quando o gozo chegou, veio forte, fulminante, avassalador. Devo ter acordado toda a rua com meus berros. Demorou algum tempo até que eu conseguisse me recobrar da experiência. Ele também parecia exaurido, apesar de continuar tão ereto como antes de começarmos. E eu sabia que aquela noite eu não conseguiria dormir.

E, sinceramente, nem queria.

◆

Foi assim nas cinco noites seguintes. E a cada vez ele vinha com uma novidade. Uma palavra, uma frase... Tudo menos um nome. Não sei por que, mas achei que ele tinha cara de Cândido. Ele não reclamou quando o chamei assim, então assumi aquele nome como seu. E inevitavelmente terminávamos a noite na cama, até ambos desmaiarem de cansaço. Estava difícil ir trabalhar. Pensei sinceramente em adiantar minhas férias, mas sabia que seria impossível. No sexto dia cheguei em casa exausta, disposta a dormir. Quase peguei no sono no sofá mesmo. Mas acordei com o ruído de unhas arranhando minha porta. Corri para ver quem era, e qual não foi minha surpresa quando encontrei Anúbis por lá. Abri a porta e o abracei. Fui buscar um pote de comida, para o qual ele avançou com vontade. Parecia que não se alimentava direito há dias. Terminou a refeição, comeu dois biscoitos e se deitou em seu papelão.

Cândido não apareceu naquela noite. E, por mais que eu agradecesse pela noite de sono, não consegui evitar imaginar o que tinha acontecido com ele. Para variar, tinha me envolvido demais, me apaixonado. E não sabia se conseguiria suportar uma nova rejeição.

◆

Por quase um mês fiquei esperando o retorno de Cândido. Somente a presença constante de Anúbis todas as noites me impediu de enlouquecer e fazer alguma bobagem. Ficávamos lá, juntos na soleira de minha porta, aguardando seu retorno. Eu não sabia nada a seu respeito, de onde ele viera, para onde ia durante o dia. Não sabia nem ao menos se ele tinha um nome além do que eu havia dado! Pensei em ir até a polícia, dar queixa de seu desaparecimento, mas temi ser confundida com uma louca caso contasse a história inteira. E não sou boa o suficiente com mentiras, ia acabar entrando em contradição, e aí eu queria ver só.

Então continuei lá, sentada ao lado de Anúbis, esperando.

◆

Até que chegou o dia em que ele voltou. Já não cambaleava mais como antes. Andava com o corpo reto e imponente. Mas ainda estava nu. Caminhei até ele e o abracei. Por que chora, Lua-na? Por quê? Ora, ainda pergunta? Onde você esteve? O que aconteceu com você? Ele sorriu.

– Eu não foi, Lua-na. Eu ficou.

Percebendo que aquela seria a única explicação que eu teria, beijei-o e levei-o para o quarto.

◆

No dia seguinte, mesmo acordando novamente sozinha, eu estava revigorada. Quando saí para trabalhar vi que o pote de comida de Anúbis estava vazio, então não me preocupei com ele. Flanei pelo escritório, emanando felicidade por todos os poros. Não consegui me conter. Acho que despertei inveja de algumas colegas com tamanha radiância, mas pouco me importava. Tinha meu amante de volta, meu doce Cândido.

Infelizmente, quando cheguei em casa, foi para ter uma surpresa desagradável. Luiz estava lá, me esperando ao pé de minha porta. Tinha a expressão séria, enaltecida pelos óculos espelhados.

– O que é que você quer aqui?

Ele se ajeitou um tanto desconfortável. Vim buscar minhas coisas. Já era. Joguei tudo fora. Faz tempo.

– Porra, Luana! Era tudo coisa nova!

Não é problema meu. Enfiei a chave na fechadura, girei e abri a porta. Só uma pequena fresta, o suficiente para que eu passasse. Pretendia fechar a porta em seguida, mas Luiz enfiou o pé na fresta: Você vai pagar por isso! Sai daqui! Porra nenhuma! Me deixa entrar. Socorro! Polícia! Pára com isso! Empurrou a porta com um tranco. Não consegui me equilibrar e caí de costas no chão. Bati o cotovelo esquerdo com força no piso. Doeu pra caramba.

– Filho da puta!

Ele correu em minha direção. Recuei assustada, mas ele não tinha intenção de me agredir. Pelo contrário, estava claramente preocupado com meu cotovelo. Ajoelhou-se ao meu lado e tomou meu braço delicadamente em suas mãos.

– Desculpa, Lu. Eu não queria...

Puxei o braço e me levantei. Ele me ajudou. Quando estávamos os dois de pé ele tirou os óculos e então compreendi tudo. Aqueles olhos vermelhos e inchados só podiam significar uma coisa, eu sabia muito bem. Percebendo que tinha sido desmascarado, rapidamente recolocou os óculos. Massageei meu cotovelo e o guiei até o sofá. Ele sentou. Esfregou o nariz com as costas da mão. Sentei-me ao seu lado e peguei sua mão. Por que você fez isso? Ele olhou para nossas mãos juntas e fungou de novo, mas desta vez tentando segurar as lágrimas. Era de partir o coração. Me diz, Luiz, por que você entrou nessa de novo?

– Eu tô bem, Luana. Sério. Foi só essa vez. Eu tava precisando...

Toda a carga emocional de meu relacionamento com Luiz retornou de uma só vez. Tínhamos passado por aquilo durante sua desintoxicação e eu sabia que era a responsável por aquela súbita recaída, ainda que ele nunca me acusasse. Mas eu sabia e me arrependi amargamente por tê-lo abandonado. Afastei uma mecha de cabelo de seu rosto. Você não pode fazer isso com você mesmo, Luiz. Não depois de tudo o que a gente passou...

– Eu sei, eu sei. Me desculpa, Lu. Prometo que não vou fazer de novo...

Era uma promessa vazia e eu bem que sabia. Já estava acostumada. Não fosse por minhas constantes intervenções ele com certeza não teria escapado da primeira vez e dificilmente escaparia novamente sozinho. Meu coração subitamente amoleceu. Aproximei-me dele e o abracei. Ele me apertou com força, começando a chorar. Eu preciso... Eu preciso de você, Lu. Eu tô aqui, pode deixar. A gente vai sair dessa juntos. Ele ergueu a cabeça e nos beijamos. Foi um beijo desagradável, amargo. Minha cabeça fervilhava de possibilidades, mas sem nenhuma resposta. De uma maneira estranha aquela reconciliação era algo bom, algo que eu desejava, mas tinha alguma coisa errada, fora do lugar, e eu não conseguia atinar bem o quê.

– Lua-na!

Desvencilhei-me do beijo de Luiz com um arrepio. Cândido?

– Quem? – tentou perguntar Luiz, mas antes que conseguisse uma resposta foi arremessado para longe de mim. Caiu desajeitado sobre o piso frio. Tentou se erguer, mas escorregou. Cândido então se aproximou dele. Para variar, estava nu. Mas sua nudez, longe de ser erótica, ressaltava uma bestialidade inédita até então. Seu corpo estava encurvado, as mãos como garras, a boca escancarada salivava imensamente e de sua garganta brotava um rugido gutural.

– Cândido! – gritei. – Cândido! Deixa ele em paz!

Luiz se apavorou com a visão daquele imenso homem nu vindo em sua direção e tentou se arrastar na direção da porta. Não teve tempo de completar seu intento. Cândido saltou sobre ele, montando em suas costas e mordendo-o na nuca. As pernas prendiam-no pela cintura. Luiz gritou, mas Cândido não o soltou. Ao contrário, enfiou profundamente as unhas em seu peito, perfurando a camiseta e a pele, de onde seu sangue escorreu em profusão. Senti meu estômago se revirar ao perceber que a vida rapidamente se esvaía dos olhos de meu antigo namorado. Olhos que miravam diretamente para mim, como num último pedido de ajuda. Ajuda que eu não conseguia dar, paralisada de terror por aquela cena grotesca. Então, com um estalo, a coluna vertebral de Luiz se partiu e ele morreu.

Sem conseguir agüentar mais testemunhar aquela cena, vomitei no tapete e desmaiei.

◆

Acordei em minha cama. Levei alguns segundos para entender onde estava. Por um instante achei que tudo aquilo tinha feito parte de um pesadelo, mas essa impressão desapareceu assim que eu vi Cândido parado de pé no vão porta. Ainda estava nu. Nem notou que eu tinha acordado. Parecia que estava guardando o quarto de imaginários invasores externos. Olhei para aqueles ombros largos e tremi de terror. O que eu havia presenciado, meu Deus? Luiz estava morto. E aquele homem havia matado-o com uma selvageria assustadora. Nada do que ele tivesse feito anteriormente mudava aquele fato. Cândido era um assassino. Chamei-o. Ele imediatamente se virou e caminhou para o pé de minha cama. Sua expressão era dura, fria. Cândido, o que você fez? Ele não respondeu, mas seus olhos pareciam em chamas. Suas mãos crispavam o pé de minha cama. Cândido, você tem noção do que você acabou de fazer? Tem idéia das conseqüências?

– Eu tenho – respondeu ele, suspirando. – E você?

Já não havia mais aquele ar meio estúpido em sua expressão. Ao contrário, seu semblante era seguro, firme, convicto. Estremeci. Sabia que nada do que dissesse faria sentido para ele. A ausência de uma justificativa de minha parte foi como uma facada em seu coração. Suas mãos apertaram ainda mais na peça de madeira de minha cama. Parecia que se pressionasse mais um pouco ela se faria em pedaços. Eu sentia um caroço em minha garganta, mas temia irritá-lo ainda mais chorando.

– Entenda uma coisa, Luana – começou ele, de olhos baixos. – Você é minha. Só minha. Ninguém vai tirar você de mim. Ninguém.

O que aquilo significava? Que ele mataria qualquer um que se aproximasse de mim? Era isso o que ele estava me dizendo? Ele ergueu o rosto o suficiente para que eu visse a resposta claramente em seus olhos parcialmente escondidos por seus cabelos revoltos.

– Vai embora, Cândido. Sai daqui, por favor.

Ele relaxou os ombros e largou a cama. Mas não se moveu.

– Por favor, Cândido. Estou te pedindo. Sai daqui agora. Sai!

Ele então caminhou de costas até a porta, sustentando o olhar duro. Quando chegou ao vão uma lágrima escorreu por seu rosto. Espantou-se com aquilo, esfregando-a com os dedos, que lambeu em seguida. Então abriu a boca, como que para perguntar alguma coisa, mas aparentemente se arrependeu e saiu.

Quando ouvi finalmente a porta da frente batendo, foi minha vez de desabar no choro.

◆

Pela manhã eu desci. Tomei muita coragem para fazê-lo, temendo encontrar o cadáver de Luiz ainda estendido no meio da sala. Mas ele não estava lá. No lugar onde ele havia caído apenas algumas manchas de sangue no carpete atestavam sua morte. Certamente Cândido havia levado embora o corpo quando saíra.

Esperava sinceramente que ele tivesse sido ao menos discreto naquele quesito. Movi o sofá e enrolei o tapete. Levei-o até um terreno aqui perto e arremessei-o numa pilha de entulho. Pensei em queimá-lo, mas sabia que aquilo chamaria muita atenção. Retornei para casa e telefonei para o escritório, dizendo que não iria trabalhar. Voltei para a cama e passei o resto do dia deitada e olhando o teto, os pensamentos entrecortados por lágrimas incontroláveis. Quando caiu a noite, ouvi passos descalços na frente de casa. Não desci para abrir a porta nem dei qualquer sinal de vida. Algum tempo depois ele desistiu e foi embora. Anúbis também não apareceu. A mesma coisa nos dias seguintes. Não abri a porta uma vez sequer. Mas ele aparecia toda noite. Aí, de repente, não apareceu mais.

◆

O resto do mês eu passei em companhia de Anúbis. Assim que consegui sair da cama voltei a trabalhar. De noite, retornava para casa e tentava esquecer dos acontecimentos trágicos que presenciara brincando com meu cachorro, mas mesmo ele parecia estranhamente triste, chorando o tempo todo e não saindo de meu lado, compartilhando minha depressão.

Às vezes, dentro de casa, parecia que eu sentia um cheiro de carne estragada e meu estômago logo embrulhava. Vomitei diversas vezes. Perdi muito peso nessa bulimia involuntária. Quase não tinha mais forças para sair da cama todo dia de manhã. Minha supervisora reparou que minha saúde definhava e me deu relutante uma licença de uma semana. Aproveitei e fui ao médico.

No começo do mês seguinte Cândido reapareceu. Abri a porta, deixando-o entrar. Pedi para que ele se vestisse, pois precisávamos conversar. Ele obedeceu, vestindo o roupão muito curto. Olhei bem fundo em seus olhos. A frieza desaparecera, substituída por uma mágoa ressentida. Vacilei por um instante. Será que ele agüentaria o baque?

– Cândido – comecei, pigarreando em seguida. Ele aproveitou e se adiantou.

– Luana, eu... Eu queria me desculpar. Pelo que fiz. Pelo que disse. Você me desculpa?

Quase me derreti. Quase.

– Cândido, o que você fez foi muito ruim. Muito ruim mesmo. Não sei se algum dia vou conseguir te perdoar.

Ele baixou a cabeça e pensei que fosse para chorar. Mas não chorou. Só ficou ali, parado, submisso.

– Cândido, eu estou grávida.

Ele levantou a cabeça com os olhos arregalados. Ergueu-se de um salto, a boca aberta, mas sem conseguir pronunciar nenhuma palavra. E eu sabia, por aquela reação, que não precisava explicar-lhe o que aquilo significava. Homens serão sempre homens.

– Não! – disse ele, finalmente. – Você não pode!

Como é? Será que ele não tinha compreensão do que eu acabara de dizer? Cândido, eu vou ter este filho. Senta, vamos conversar. Não! Você não entende! Tem que tirar o filho! Sem gravidez! Não podemos! Do que você está falando? Ele tapou a boca com uma mão e começou a andar de um lado para o outro. Eu não posso falar! Não posso! Você tem que confiar em mim, Luana! Tira agora antes que eu tenha que escolher, antes que seja tarde. Não quero morrer, não quero, quero viver pra sempre com você. Não quero machucar, mas vou fazer se precisar. Porque não quero perder você. Por favor, tira o filho. Tira agora!

– Não! – foi a minha vez de gritar quando o vi se aproximar de mim. Dei dois passos para trás, cobrindo meu ventre com as mãos. – Não chega perto de mim! Não devia ter te contado nada! Agora sai da minha casa, Cândido. Não quero te ver nunca mais.

Ele me olhou, os olhos cheios de lágrimas. Mas a maldade havia retornado. Como na noite em que havia assassinado Luiz. Baixou a cabeça e foi em direção à porta. Lá chegando, virou-se uma última vez. E eu sabia por aquele olhar que ele iria embora, mas que retornaria todas as noites, até que eu abortasse ou tivesse o bebê. Daí ele virou de costas para mim e disse algo que me gelou a alma:

– Eu não tenho escolha. Você tem.

E então foi embora.

◆

Foi uma gestação solitária. Trabalhei enquanto pude, enquanto ainda conseguia. Só tirei minha licença-maternidade quando já não dava mais para agüentar. A grana estava muito curta, eu não tinha amigas para me fazerem um chá de bebê. Afundei-me em dívidas para comprar o enxoval. Comia mal. Estava fraca e debilitada e não tinha ninguém a quem recorrer. Sem parentes vivos, sem vizinhos conhecidos, ninguém. Minha única companhia era Anúbis, que aparecia todas as noites, mesmo não sendo a mais alegre das companhias. Quero dizer, todas as noites em que Cândido não aparecia e ficava na porta balbuciando coisas sem sentido sobre não querer morrer por causa do bebê. Chamei a polícia uma vez, mas ele conseguiu fugir pouco antes de eles chegarem. E na noite seguinte lá estava ele novamente. Era para enlouquecer qualquer um. No final da gestação ele trocou o tom calmo por um mais ameaçador. Batia na porta violentamente a noite toda, gritava e me ameaçava. E eu me encolhia, apavorada. Em breve meu filho nasceria. E assim que ele nascesse eu teria que defendê-lo daquele maluco.

Mas, naquela noite, Cândido estava mais calmo. Eu devia ter imaginado que aquilo era o prenúncio de um desastre. Eu estava deitada em minha cama, lendo um livro, quando aconteceu. Senti o líquido amniótico jorrar por entre minhas pernas, encharcando o lençol e o colchão. Em seguida vieram as primeiras contrações. Urrei de dor. Saí da cama e desci as escadas lentamente. Precisava encontrar minha bolsa, pegar meu celular, chamar uma ambulância. Amaldiçoei a mim mesma por ter deixado a bolsa tão longe. Caminhei pela sala, parando de vez em quando por causa de uma contração mais forte. A dor era insuportável! Era difícil até mesmo me manter de pé. Encontrei a bolsa sobre a mesa da cozinha, abri-a e despejei seu conteúdo no chão. O celular quicou e caiu longe de meu alcance.

Xinguei e me abaixei para pegá-lo. Apertei os botões, mas a tela não acendeu. Tentei apertar o botão de ligar, mas não obtive resposta. Sem bateria! E o carregador estava no andar de cima, espetado na tomada ao lado do criado-mudo. Burra, burra, burra! Sentei no chão gelado da cozinha e comecei a chorar. Cândido gritava, esmurrando a porta. Luana! Abre aqui! Vai buscar ajuda! Eu ajudo! Na falta de opção melhor comecei a me arrastar em direção à porta. Mas de repente a lembrança da ameaça velada de Cândido reverberou em minha memória. Não podia deixá-lo entrar. Ele mataria meu filho! Mais uma contração. Respira, Luana, respira! Oh, meu Deus, mais uma! Ele estava nascendo! Luana! Vai buscar ajuda, porra! Abre aqui! Não! Só se você prometer que não vai machucar meu filho!

Silêncio.

Ah, meu Deus, que dor! Faltava quanto tempo para amanhecer? Com sorte podia contar que alguém passasse na frente de minha casa e ouvisse os gritos. Claro que a presença de um homem pelado esmurrando a porta da frente espantaria a maioria, mas alguém podia chamar a polícia e resolver o assunto. Faltava ainda uma hora para o amanhecer. Não sabia se teria tanto tempo. Cândido! Caralho! Vai pedir ajuda! Eu vou entrar! Blam! A porta tremeu inteira. Ele estava tentando arrombá-la! Será que conseguiria? Meu Deus, tomara que não! Não podia deixar aquele maluco matar meu filho, não podia! Blam! Mais uma pancada. Vai embora, filho duma puta! Me deixa em paz! Ai! Mais uma pancada. E outra. A tinta na porta já começava a rachar. Não sabia por mais quanto tempo as dobradiças agüentariam. Mas não tinha mais como pensar naquilo. Meu filho estava nascendo. Mesmo que Cândido parasse de arremeter contra a porta e eu conseguisse ajuda, era pouco provável que chegaria a um hospital antes de dar à luz. Eu precisava fazer eu mesma meu próprio parto, da mesma maneira que minha avó pariu minha mãe e esta me pariu, como se aquilo fosse uma maldição de família. Arrastei-me até o canto da parede e apoiei minhas costas. Com muito esforço coloquei-me de cócoras. Respirar, respirar. Mais uma contração. A porta continuava tremendo, mas não podia pensar naquilo. Respirar, respirar, contração. Oh, meu Deus! Oh, meu Deus, que dor insuportável! Respirar, não podia me esquecer de respirar. Mais uma... Ah, meu Deus, eu vou morrer! Será que a dilatação é suficiente? Ah, meu Deus! Está saindo! Um pedaço da porta voou e caiu no meio da sala. Cândido enfiou o braço pela fresta recém-aberta, mas não conseguiu encontrar a maçaneta. Ah, meu Deus! Ah, meu Deus, é agora! Senti um líquido quente escorrer pelo piso. A cabeça saiu! Ai, meu Deus, me mate agora! Luana, Cândido gritava. Luana! De repente, de uma só vez, meu filho escorregou para fora de meu útero, caindo no piso. Levo alguns segundos para retomar o fôlego e o recolho. Corto seu cordão umbilical com uma tesoura de unha e prendo-o com uma presilha de cabelo que encontro entre os escombros de minha bolsa ao meu lado. Respirar, respirar. Você também, meu filho, por favor, respire! Meu Deus, a placenta não se rompeu completamente. Ele está sufocando! Meus joelhos não agüentam mais a pressão. Sento no chão. Ele não está respirando! Tento tirar a placenta de sua cabeça, mas minhas mãos estão muito trêmulas. É tão escorregadio! Sangue, quanto sangue. Respira, meu filho! Do lado de fora da porta a gritaria é subitamente misturada com um rosnar selvagem de cachorro, até que os gritos de Cândido finalmente desaparecem. Já é quase dia. Oh, Anúbis, você caiu do céu! Preciso pedir ajuda. Coloco meu filho no chão e me levanto, arrastando minhas costas na parede. Não tenho forças para carregá-lo. Cambaleio até a porta e a abro. Lá está Anúbis. Sinto uma súbita tontura e caio sentada no chão. Tento gritar por socorro, mas nenhuma palavra sai por minha garganta. Não tem ninguém na rua. Anúbis entra e vai até onde meu filho agoniza. Tremo só de pensar no que ele poderia fazer. Não tenho forças para impedir que ele o coma se quiser. Em desespero, vejo Anúbis lambendo meu filho. Lambidas vigorosas. Não, Anúbis, por favor! Ele me ignora e continua lambendo. De repente a placenta se solta e ele a engole de uma vez. Mais algumas lambidas e meu filho começa a chorar. Eu o acompanho. Anúbis o salvou! Meu Deus, obrigada, meu Deus, por este cachorro tão maravilhoso!

Arrasto-me até meu filho e o pego no colo. Limpo o sangue de sua cabeça com minha camisola, ainda aos prantos. Olho para Anúbis, que está cabisbaixo ao meu lado. Oh, obrigada, Anúbis, obrigada! Percebo que ele me olha por alguns instantes. Penso ver algumas lágrimas escorrerem por seus olhos amarelos. Ele então olha para meu filho e vejo naquele olhar algo em que nunca tinha reparado antes. Uma humanidade imensa, um amor além do racional, maculado por uma tristeza imensurável. Ele dá uma última lambida no topo da cabeça de meu filho e então me olha. Sua boca se abre, como se quisesse dizer alguma coisa, mas não consegue. Dá para sentir sua frustração. Então, sem nenhum aviso, ele se vira e sai correndo pela porta. Antes que eu consiga dizer qualquer coisa, escuto o ruído estridente de pneus freando e um baque surdo seguido por um ganido de agonia pavoroso. Fico alguns segundos sem respirar, as lágrimas de alegria substituídas por outras de perplexidade. Recuso-me a acreditar em meus sentidos e com muito esforço me ergo, carregando meu filho no colo. Cambaleio até a porta apenas para ver a imagem horrenda do corpo de Anúbis atropelado, o sangue espalhado pelo asfalto em toda a trajetória desde o impacto até a parada do veículo. Sua cabeça jaz inerte, os olhos vazios, a língua pendendo pela boca escancarada. O motorista xinga. Eu grito até não conseguir mais.

Em meu colo, meu filho esfrega o rosto em meu peito por cima da camisola, procurando pelo alimento. Observo atentamente seu rosto. Volto-me então para o cadáver de Anúbis. A voz de minha avó ressoa em minha cabeça ininterruptamente: "Toda ação na vida tem uma conseqüência."

Então finalmente compreendo.

E torço para ter tomado a decisão correta.

CAMILA FERNANDES

PARA TUDO O QUE SE GANHA algo deve se perder. A Magia não cobra caro, é apenas justa. Essa é a idéia que conduz *Empório da Boa Fortuna*, uma narrativa que versa, mais do que apenas sobre bruxaria, sobre a ambição sem limites.

Camila Fernandes revela aqui uma face mais seca e brutal de seu estilo normalmente introspectivo e velado. Seguindo a tradição da narrativa desencadeada por um objeto maldito que seduz e arruína, consagrada por histórias como *A mão do macaco*, de W. W. Jacobs, e a lenda da *garrafa do diabo*, a autora pinta uma história em que a incredulidade é superada pela cobiça e o bom senso, pela conveniência. O enredo tem tons de cinza que se espelham na cidade opressora e na ambigüidade das escolhas de um jovem, para quem não há preto e branco, bem e mal, apenas o desejo e a sua satisfação imediata.

As ambições de Ricardo guiarão o leitor por uma trama de reviravoltas, na qual cada ação tem uma conseqüência inesperada – e devastadora.

EMPÓRIO DA BOA FORTUNA

É CINZA-CHUMBO A COR DO DIA, tom que muita gente aguarda para afinar com seu humor cinza.

O rapaz é um. Sentado sozinho no banco de dois lugares, uma sacola pequena ao lado, parece acabrunhado. Tem o corpo magro, sacudido sem resistência pelo embalo rude do trem, e um rosto naturalmente cor de cera, de barba por fazer, displicente. Tem um quê de perdido aos olhos dela. Ela que o olha de viés, com pouco disfarce. Sempre teve uma queda pelos desamparados. Os que precisariam dela.

O trem pára de um tranco, e seus pensamentos são detidos pelo levantar brusco do rapaz, que desce na estação. No banco, a sacola sozinha.

Sem muito ponderar, ela se ergue, apanha o objeto esquecido e salta do vagão, seguindo quase a correr o rapaz que, a passo largo, distancia-se.

– Oi! – ela chama. – Moço? Moço!

Quando ela o alcança ele não parece surpreso. Parece, antes, ciente do óbvio. Mas ela arma seu melhor sorriso e lhe estende o pacote.

– Olha, você esqueceu isto...

Ele apanha a sacola e murmura um obrigado quase mudo. No fundo das cavidades roxas, seus olhos escuros estão raiados por um forte vermelho de veias; olhos de alguém que nunca descansa. O estômago da moça se retrai em aflição, mas ela nada ousa perguntar. E ele continua sua caminhada, desta vez sem pressa, sem fuga. Sombra de algo que já não há.

◆

Não impressionou na entrevista, e sabe disso. Vai ser difícil conseguir o estágio. Seu currículo não exibe muitas habilidades. E talvez as roupas o tenham atrapalhado. Podiam – e deviam – estar mais alinhadas. Mas os sapatos já velhos, a gola um tanto puída da camisa – tudo errado. Nem uma palavra à mãe; ela se compadeceria, quereria comprar-lhe do melhor, e ele não quer isso. O bolso é raso. E é bom para o caráter do jovem esforçar-se e conseguir por mérito o que quer, ele sabe, concordando com o tio, que lhe diz sempre. O padrinho.

Mas não é hora de pensar no desânimo. Está bem no horário de pico do congestionamento no trânsito, quando os carros pouco andam e os ônibus transportam verdadeiras multidões. Então, não tem pressa de voltar para casa; melhor explorar as extravangâncias visuais do centro da cidade. É por isso que ele está no interior da loja, distraído com itens exóticos da cultura alheia. O que o atraiu primeiro foi o nome do lugar: Empório da Boa Fortuna. Depois, a vitrine apinhada de objetos estranhos ao seu cotidiano, outros familiares. Amuletos, talismãs, estatuetas, penduricalhos vários de semente, de bambu, de cristal. Uma loja da sorte, da influência mágica, para os que nela crêem. Ele não crê. Nunca pensou em crer. Mas o lugar é curioso, intrigante, e ele não será levado a comprar nenhuma boneca de palha ou gato de sândalo, por isso está seguro.

Entre prateleiras de excentricidades ele caminha, curioso e cético, até avistar, no canto oposto do recinto, algo que captura sua atenção. Sob a poeira dos dias algo reluz uma e outra vez – decerto pela forma como ele se moveu, causando a si mesmo a impressão de ver uma estrela piscar. Ele caminha naquela direção. Está a poucos passos do objeto, cuja forma as poucas teias de aranha revelam ser a de uma esfera. Seus dedos estão estendidos para ela, entre tocar e não tocar.

– Viu algo de que gostou, jovem? – a voz áspera força um tom gentil. É o homem atrás do balcão quem o divisou entre as estantes.

O rapaz sorri evasivo como quem não pretende gastar. Mas aceita a conversa. Apanha afinal o objeto em suas mãos, soprando o pó da sua superfície.

– Esta bola de cristal aqui. É daquelas para se prever o futuro?

O homem ri longamente, um riso escamoteado e secreto, e se debruça no balcão. O visitante analisa desconfiado sua boca torcida em meio à barba de negro arame, o nariz adunco e imenso que quase se desarmoniza do rosto cor de bronze e sobretudo os olhos pequeninos e juntos demais. O vendedor, que o examina igualmente, continua:

– Essa não é uma bola de cristal de titia vidente, rapaz. É um objeto único. Eu o chamo de orbe. Você sabe o que é um orbe? – O outro meneia a cabeça em negativa. – Um orbe é uma esfera que representa o mundo. Reis de outros tempos eram retratados com um cetro numa mão e um orbe na outra, símbolo de seu poder sobre o mundo. Da mesma forma, quem possuir essa esfera que está em sua mão possuirá o mundo.

– Ah, é? – pergunta o incrédulo. – Como assim?

– O orbe é capaz de realizar todos os desejos do seu possuidor. Apenas deseje e você terá. Mas deve-se tomar cuidado...

– Sei, cuidado com o que você deseja, pois pode acabar conseguindo, não é?

– Não seja tolo. Se você deseja uma coisa, óbvio que consegui-la seria ótimo. Deve-se tomar cuidado, na verdade, com o preço. Tudo o que se obtém possui um preço. Para tudo o que se ganha algo deve se perder. Essa é a essência do orbe. Mas a Magia não cobra caro, é apenas justa. Saiba disso e não terá o que temer.

O jovem não pretende comprar o artefato – ao menos é o que diz a si mesmo. Mas não negaria que está atraído pelo brilho baço da esfera. Ela é pequena, encaixa-se comodamente em sua mão como um firme seio de menina, como um seio de Mariana, ah se ela quisesse. Parece feita de vidro, frágil e fria ao toque. A esfera, não Mariana. É transparente na superfície e se torna leitosa mais no fundo, irradiando grossos veios brancos. Á um só tempo, é desconhecida e familiar. Por isso, sem querer, sem tirar do rosto a máscara descrente, ele indaga:

– Certo, certo. Mas se esta coisa é tão útil, por que o senhor quer vendê-la?

– Todos merecem uma oportunidade. Eu tive as minhas. Agora passo a boa fortuna adiante.

– E quanto custa? – pergunta o rapaz, mãos já dentro dos bolsos.

– São apenas setenta pratas.

– Dou cinqüenta.

– Sessenta, então.

– Olha, eu só tenho cinqüenta mesmo.

– Feito.

O vendedor estende a mão, que atravessa a nuvem de ansiedade ao seu redor.

– Cinqüenta pratas pelo poder de ter tudo no mundo? Beleza – zomba o comprador, impressionado com a facilidade em pechinchar.

– O orbe não pode ser vendido por um preço maior do que aquele pelo qual foi comprado. O preço seguinte deve ser sempre menor. Um dia alguém o comprará por um centavo.

– E aí, o que acontece?

– Essa pessoa terá fortuna eterna – afirma o homem com uma casquinada – ou eterno azar!

◆

São nove e meia da noite quando ele finalmente chega em casa. Comeu qualquer bobagem na rua. Precisou economizar. Gastara demais naquele item completamente supérfluo. Logo ele, que, no mesmo dia, sem trabalho, teria aceitado um estágio pobremente remunerado. Agora, está aqui, desabado no sofá, olhando, diante de si, para a esfera vítrea sobre o caixote de madeira que, emborcado, cumpre o papel de mesa de centro.

Ele não devia ter comprado aquilo. Não na atual situação. Sua mãe paga a mensalidade do curso, mas se ele não conseguir logo um emprego razoável não poderá pagar as contas do apartamento e terá de voltar para a casa no interior. De lá não é possível ir todo dia à faculdade, afinal, são quatro horas de viagem. Há ainda Tio Mauro. O padrinho, que na sua infância o ensinou a dar a partida no carro, aquele carro vermelho de colecionador pelo qual o homem zelava como por uma amante e mesmo assim permitia que ele, Ricardo, ainda moleque de voz fina, o encerasse até brilhar, recebendo a recompensa de uma volta sobre rodas até a sorveteria. Lindeza de carro. Boas tardes de menino. Agora Tio Mauro está no hospital. Na quimioterapia. Não é jovem, não tem grande chance de recuperação, mas é preciso tentar. Sempre. É perto e ele prometeu visitá-lo toda semana. Falta coragem.

Não, ele não devia ter gastado dinheiro com aquela futilidade quando há tanto em jogo. Sente-se impotente. Gostaria de verdade que o tio se curasse de uma vez.

Por um instante, ele pensa que seria muito bom se o orbe dos desejos funcionasse.

◆

São dez da manhã.

– Dez horas! – ele chega a berrar, saltando da cama. – Merda!

O despertador não tocou quando deveria. Só pode estar estragado. Vai para o lixo agora mesmo. Ele deveria ter sido despertado às 6h30 para a entrevista das oito. Mais um estágio perdido.

Lava o rosto pensando na desculpa para justificar sua ausência quando ligar para a empresa implorando por uma nova entrevista. Terá de ser boa. Mas é quinta-feira e ele não quer passar o dia de mau humor. Seu celular, um tijolo antiquado que carrega há três anos, está tocando na mesa da sala. Da próxima vez irá usá-lo como despertador, pensa, impressionado com a própria tolice.

– Oi, mãe...

– Ricardo, filho, estou no hospital – a voz da mulher treme.

– Que aconteceu, mãe?

– É o seu tio. Me avisaram ontem, eu vim hoje cedo. Só pode ser milagre... Fizeram um raio X hoje... o tumor recuou, meu filho, *sumiu quase tudo*! Está num pulmão só agora e é uma coisinha de nada. Vão fazer uns exames ainda pra ter certeza, mas pra mim não tem dúvida. Ele sarou.

– Peraí, mãe... eu vou praí!

◆

É verdade. Não parece e é. Tio Mauro está sorridente, insiste em ficar de pé, embora lhe digam que a cama é mais apropriada para um convalescente.

– Escuta, eu não tô convalescendo de nada, tô é curado – ele berra, brincalhão, com a enfermeira. Com as bochechas coradas sob os olhos castanhos, não se parece com um homem de quarenta e poucos anos que um dia antes estava em intensa terapia para erradicar o câncer que lhe corroía os pulmões. – Fizeram mais uma radiografia e a coisa tá menor ainda. Nesse ritmo, vai sumir sozinha. Vai ser preciso mais do que um tumorzinho pra me derrubar.

– É um milagre – repete sua irmã, uma mão apertada na sua, a outra, na de Ricardo.

– Podem chamar como quiserem. O importante é que vou estar fora daqui assim que fizer esses exames que eles exigem. Estão querendo que eu fique aqui ainda uns dias, "por precaução", eles dizem, mas não podem me forçar.

– Padrinho – chama Ricardo entre sorrisos –, eu preciso voltar pro apê. Ainda tenho que estudar para uma prova hoje à noite. A gente se vê amanhã, que eu não tenho nenhuma aula importante. Saio bem cedo e passo o final de semana com vocês na casa da mãe.

– Com certeza, meu filho. Sua mãe vai me levar pra casa assim que me liberarem. Né, Marli? Não vejo a hora de sair desta cidade, isto aqui é uma barulheira dos infernos, mesmo perto do hospital. Quero voltar logo pro meu canto. Tô louco por uma picanha e uma caipirinha.

◆

Será que funcionou? Que funciona *mesmo*?

O orbe é capaz de realizar todos os desejos do seu proprietário. Ricardo pesa a informação sem querer. Não tem sentido. Mas também não há sentido em um tumor classificado como grave sumir da noite para o dia, literalmente. No entanto, foi o que aconteceu. De repente, o ceticismo e a lógica deixam de ser interessantes. Acreditar parece muito mais compensador no momento. O poder do pensamento positivo, da oração, da crença – do ato de desejar em si – sempre foi defendido pela sabedoria popular. Que mal há nisso, então?

Saindo do hospital aprumado e renovado, Ricardo decide que não há mal algum. E pensa que, apesar de estar desempregado, seria ótimo ter muito dinheiro para comprar roupas novas. Afinal, haverá outras entrevistas, e nessas ele terá de impressionar. Quem sabe compre também uma nova carteira, algo de couro resistente – não o traste de camelô que lhe pesa, desbeiçado, no bolso da calça.

Sim, uma carteira. É nisso que ele crava o olhar ao dobrar a esquina. Está ali, no meio da calçada, preta e luzidia.

◆

Encontrar dinheiro perdido é até comum – uma vez, Ricardo encontrou uma nota de cinco bem nova e limpa na rua. Mas deparar-se com uma carteira nova, recheada de notas de cinqüenta, é sorte *demais*. Revirou as reentrâncias todas da carteira sem achar um único cartão que indicasse o nome de seu proprietário, como contatá-lo, como devolver-lhe o dinheiro. Não havia meio. Deixar a carteira onde estava, entregá-la à polícia, inútil; o próximo a pôr-lhe as mãos trataria de gastar a quantia ainda que conhecesse o dono. Melhor que ele mesmo o fizesse, então.

Ricardo ainda se ri disso enquanto experimenta mais uma calça sem pregas, flexível e elegante, que ficará bem com aquela camisa estriada de azul na vitrine. *Jeans* de marca completam o dia.

Sai da loja carregado de sacolas. Nunca em sua vida teve tal prazer em gastar. Faria uma boa figura nas próximas entrevistas. Logo conseguiria o esperado estágio numa boa agência e lá se destacaria. Agora, falta-lhe apenas um belo veículo. Isso ele não pode comprar agora. Mas depois. Depois ele há de ter os meios. Que seja um carro feito o do padrinho, item de colecionador.

Quero ter um carro exatamente como aquele, pensa. Tio Mauro, quando o vir, vai rir até rachar.

É com esse humor que, descendo do ônibus, ele chega ao seu prédio. É um edifício antigo, de modesto jardim frontal, sem porteiro, no qual cada proprietário possui uma cópia da chave principal. Ao virar a sua na fechadura, nota que o corredor a seguir está todo escuro a não ser pelas parcas luzes de emergência nos cantos, que impedem apenas que ele tropece num vizinho que sai. Acabou a força.

Diante da escada tortuosa ele suspira. São dez andares até seu apartamento. É muito azar.

Lá em cima, ele atira as sacolas para o lado, resfolegando. Já passam das cinco da tarde. Terá tempo apenas para tomar um banho – gelado –, improvisar um jantar e partir para a faculdade, a pé, sem ter estudado para a prova.

◆

É sexta-feira. Desta vez, programou o telefone celular para despertá-lo às 7h. Não vai se atrasar de novo. Terá tempo para socar algumas roupas na mochila, chegar ao hospital e, na companhia da mãe e do tio, pegar um ônibus para sua cidade natal, com folga. Da extravagância de ontem ainda sobrou o dinheiro para a passagem.

Está a ponto de sair de casa quando o aparelho novamente o chama no bolso traseiro dos *jeans* novos. Reconhece o número e atende enquanto tranca a porta.

– Tô saindo agora mesmo, mãe – é o que tem tempo de dizer. O resto é mudez, enquanto ele escuta as novas. Detém seu andar; empalidece. Então, retomando o passo, segue escada abaixo, desabalado, sem lembrar-se de verificar o elevador.

◆

Chega ao hospital como um pé de vento, carregado pelo instinto. Sobe para o quarto de sempre, o quarto do tio, que ontem zombava, que ontem sorria.

Sua mãe está na cadeira ao pé da cama, obstáculo ao trabalho da enfermeira que aguarda para aplicar os cuidados de praxe ao corpo. Quando Ricardo entra no recinto a mãe ergue uns olhos vermelhos de chorar em sua direção. O rapaz se adianta para um abraço, sem saber o que dizer, o que pensar.

– Ah, filho... ele estava tão bem...

– Me conta o que aconteceu – estremece ele.

– Foi do nada. Ele estava perfeito ontem, você viu, a radiografia não acusava mais nada. Os médicos pediram mais uma infinidade de testes, que seu tio não queria fazer, e com isso acabamos ficando aqui mesmo. Você sabe como essas coisas são demoradas. Fui passar a noite na casa da minha amiga Rute pra ir pra casa hoje – nós íamos te ligar, filho, te levar com a gente de manhã... No meio da noite o hospital me ligou.

Ela desaba com o pranto que até então vinha sustentando. Ricardo a acompanha com lágrimas contidas que descem de olhos furiosos. O que sente não é apenas a tristeza do luto. É revolta.

– Como é que pode? – ele se pergunta em voz alta, olhando para o corpo inerte do homem na cama.

– O coração simplesmente parou. Assim... do nada. Sem motivo. E ele... ele deixou isto aqui. Escreveu no meio da noite, parece – diz a mãe, que procura conter-se, enfiando-lhe na mão um papel já quase esmagado por seus dedos nervosos. Ricardo o lê depressa. É um bilhete. Não uma nota de suicídio, uma carta de adeus ou mesmo um testamento concreto. Apenas um bilhete de uma única linha, com assinatura, dizendo:

Deixo meu carro para meu sobrinho Ricardo.

O rapaz olha demoradamente para o semblante que no dia anterior enrubescia de júbilo, agora azul e rígido, uma estátua de carne. O corpo parece subitamente pequeno e frágil. E Ricardo pensa, a despeito de si mesmo, que a aparência das pessoas mortas murcha rápido demais.

◆

É domingo. Ele está longe da multidão urbana, do tráfego paralisado, das buzinas e xingamentos. Vez por outra um carro ruge com pressa desnecessária pela ruazinha do contrário quieta diante da casa. Mas é a casa da família, é o sossego do interior. Uma boa casa, antiga e modesta, mas digna, onde passou a infância e onde gosta de passar, às vezes, os finais de semana, revendo amigos de sua meninice, sendo mimado pela mãe. Mas não hoje. Sente-se anestesiado. Não quer relembrar. Não quer olhar velhas fotografias. Não quer ouvir as condolências dos conhecidos. A tristeza parece rondá-lo sem chegar a assentar-se nele, deixando-o suspenso entre o luto e a indiferença. É estranho. Mas seu coração pesa com algo mais que ele não sabe definir.

A necropsia foi no sábado. Os médicos não conseguiram descobrir a razão de o coração ter parado, já que esse órgão estava saudável no corpo do falecido. Ricardo também não esperava, por alguma razão, que descobrissem.

O funeral é hoje. Logo. Ele sabe que não vai chorar.

◆

Tio Mauro está sob o solo do campo santo. Ricardo está na estrada. No carro longamente cobiçado. É dele agora, não é? Pode fazer o que quiser, acelerar e baixar a capota, aproveitando a brisa que rasga a tarde enquanto ele arremete em direção à cidade.

Ele se sente frio e poderoso. Esta é mais uma das coisas que conseguiu nos últimos e estranhos tempos. Tudo o que ele quiser será dele. O básico: dinheiro, um belo carro e mulheres. Faltam as mulheres. Uma mulher: Mariana. Mariana, que sempre o achou pobre, ou feio, ou tolo, ou outra coisa qualquer que ele nunca compreendeu. Será que o rejeitaria agora? No belo carro vermelho, nas boas roupas de marca?

Ele deseja que não. E, mesmo estando em alta velocidade na estrada, tecla um número no celular.

◆

Já são 20h30 quando ele pára diante da casa e buzina. Observa as construções ao redor, bairro de classe média, pequena e feliz burguesia. Está prestes a sacar o celular e ligar de novo quando uma chave é virada na fechadura do portão e Mariana surge dele, faceira como nunca. Os cabelos castanhos, sempre presos na faculdade, estão soltos, recém-lavados. Usa um vestido vermelho. Curto. Ela quer mostrar as pernas. Quer se exibir, apesar do ar quase entediado que lança para ele enquanto tranca a porta e se dirige ao carro. Não adianta fazer essa cara. Ricardo já sabe que ela quer ser notada, e isso só pode significar uma coisa.

– Era essa a surpresa que você queria me mostrar? – diz ela com um sorriso debochado, sua vista percorrendo atentamente o veículo. – É... nada mal!

Ricardo, de pé, os quadris apoiados no carro, contorna-o para abrir a porta para Mariana, como um cavalheiro – como alguém que sabe certa a recompensa.

– E então, o que vai ser? – ela pergunta, já acomodada. – Quer pegar um cinema?

– Não. Nós vamos a uma festa.

– Festa? Em pleno domingo? Onde?

Ele não responde. Apenas sorri, acelera o carro, fazendo cantarem os pneus, e arranca.

– Ei, eu posso dirigir um pouco?

– Na volta você dirige. Eu vou estar bêbado demais.

O par deixa a cidade. Para Mariana, tudo parece um tanto duvidoso. Ricardo, diversamente, sabe muito bem aonde está indo. Eles partem pela estrada novamente e, poucos quilômetros percorridos, Ricardo desacelera e se desvia para uma estrada secundária à direita. Poucos metros adiante, cai numa senda menor, inclinada, onde as rodas erguem poeira cor de tijolo, fazendo um esforço extra para subir. Após um leve sacolejar, contornam a borda de uma ribanceira, reduzindo a velocidade do carro e fazendo com cuidado a curva perigosa. Depois disso, já é possível enxergar as luzes e ouvir os sons das pessoas que dançam à batida grave e constante da música eletrônica, vocalizando sua euforia.

Estão diante de um sítio. Os largos portões estão escancarados, recebendo sem critério todo aquele que decide entrar. No gramado gasto há carros estacionados sem ordem e pessoas sentadas com cervejas e energéticos nas mãos. Ricardo pára o automóvel sob uma árvore, bem próximo ao portão, para facilitar sua saída depois. Conduz Mariana para fora do carro pela mão, sendo gratificado com um sorriso coquete e com a implícita promessa do que virá depois.

Aproximam-se da casa. Contornam a piscina, onde casais com roupas ensopadas e outros sem roupa alguma atiram água uns nos outros e nos passantes. Uma bóia furada jaz murcha à beira da piscina. Entrando na varanda como se conhecesse o local, Ricardo apanha de um isopor duas cervejas.

– Não vejo ninguém do curso – comenta Mariana entre um gole e outro. – Quem você conhece aqui?

– Todo mundo – responde um vago Ricardo, apreciando discrètamente as garotas que passam desacompanhadas. – Ou ninguém. Quem liga? Você acha que a esta altura alguém vai perguntar quem nos convidou?

Ele segue gingando em direção à sala ampla, onde está a maior parte dos dançantes. Mariana o segue, puxada pela mão, vendo-o ser tragado pela multidão, vendo a si mesma desaparecer nas ondas do mar humano que sobe e desce com lisérgica alegria.

Mais cerveja. Ricardo está zonzo e feliz, ou tão perto disso quanto pode estar. Mariana requebra à sua frente, espontânea e livre, como se nunca houvesse sido a garota que lhe disse não mais de uma vez. Hoje ela não diz não. Hoje ela não diz nada. Apenas sorri para ele, ora baixando os olhos, ora erguendo as mãos, a saia que já não é longa subindo-lhe um tanto pelas pernas quando estas se agitam. É a sorte que sorri. A Boa Fortuna.

Devagar ele pega sua mão e a resgata da pista improvisada. Tropeçam em três pessoas que se atracam lascivas no chão, mas sem titubear. Ele leva a garota para fora, para longe do som alto, longe das luzes. Para o carro. Ele sobe a capota, apesar de a discrição ter-se tornado insignificante ali.

– Faz tempo que espero por isso – ele diz sem saber conter-se. É interrompido pela boca molhada que intercepta sua língua, pelos braços que se penduram em seu pescoço, pelas pernas que, afoitas, montam seu corpo, oferecendo-lhe as coxas suadas.

◆

Mariana está de pé arrumando a saia teimosa para que volte a cobrí-la apropriadamente. Ricardo abre a capota do carro e observa o céu, mais estrelado ali do que no centro da cidade. A poucos passos de distância algo capta sua atenção e ele se afasta. Três garotas, costas apoiadas nos carros, dividem um cigarro enrolado à mão e um palavrório irrelevante, entremeado de risos. É para o lado delas que o rapaz se dirige. Ele se sente confiante. É a Fortuna sorrindo, perguntando: por que não? Por que não?

– Boa noite, meninas. Posso?

Sem hesitação uma mão delicada lhe passa o cigarro, que ele traga profundamente. As garotas riem de sua pose, de sua expressão ou talvez de nada.

– Eu tenho tudo o que desejo – sussurra para si mesmo.

– Qual de nós é a mais bonita? – pergunta uma das moças. – Acho que sou eu, mas elas não concordam. – As amigas, ao lado, riem mofinas enquanto ela cruza os braços atrás da cabeça, erguendo uma juba de cabelos em caracóis. – Vamos fazer votação, meninas. Começando por ele.

Ricardo sorri de lado.

– Não sei. E se cada uma de vocês desse uma giradinha para eu ver por todos os ângulos?

– Todos os ângulos! – explode a moça com as outras em gargalhadas mais altas do que ele esperava.

– Ricardo! – ele se volta para identificar a fonte do grito. É Mariana. Mariana lá embaixo, junto ao carro, Mariana zangada, desarrumada, os cabelos revirados, o vestido um pouco levantado no canto. Em seus olhos, o ciúme é patente. – Qual que é a sua, hein? Come a fruta e depois cospe o caroço?

Nova cascata de risadas desce de três bocas carmesim, escancaradas. Ricardo não sorri.

– Mari, relaxa, você tá bêbada.

– Não, não estou, seu babaca! É essa a sua tática? Chega cheio de pose num carrão, me traz pra festa, faz o que quer e depois parte pra outra? Quem você tá pensando que eu sou?

– Sei muito bem quem você é, Mariana. Você é a putinha que dá pra todos os *playbas* da faculdade, só não quer dar pra pobre. Mas se a gente chegar num carrão...

Desta vez ele ri com suas novas cúmplices, gostosamente, e dá as costas à garota. Está pegando na mão da primeira, fazendo com que gire lentamente em torno de si, parodiando um passo de dança de salão. Está chamando a outra a mostrar também suas curvas e esta remove o casaco, exibindo ombros e barriga num bustiê mínimo. Está convocando a última para a competição. Agora está se voltando bruscamente, olhos arregalados, ao ouvir o agudo cantar de pneus nas pedras da entrada, o rosnar do motor sendo forçado e o arranque do carro vermelho.

Mariana está ao volante. A poeira laranja se ergue. Ricardo corre em sua direção, gritando seu nome, que pare, pare, Mariana, louca, desgraçada...

No barranco que antes contornou com cuidado, o carro, veloz demais para fazer a curva, choca-se contra a mureta de pedra da estrada, levando-a consigo em seu caminho ribanceira abaixo. O automóvel quica na encosta, rola no ar, quica uma vez mais, gira agora com menor impulso e, por fim, aterrissa no vale lá abaixo. Não sem antes vomitar o corpo da motorista, que cai de encontro às pedras, convulsivo.

Ricardo corre, detém-se à beira do abismo, olha para baixo. Lá está o carro que foi de Tio Mauro, uma lata gigante amassada entre rochas, irrecuperável. Lá está Mariana, os braços rasgados, as pernas nuas dobradas em ângulos impossíveis, a saia erguida, a calcinha insinuante uma vez mais à mostra, tingida do sangue que flui das coxas. Boneca de carne atirada no lixo, usada e corrompida. Os olhos, numa máscara vermelha e disforme, fitam o vazio. Bem abertos.

◆

É manhã. Ricardo está finalmente de volta ao seu apartamento. A energia elétrica voltou há alguns dias. Não que isso importe. Ele prefere ficar no escuro. Não ver nada. Nem ouvir, tampouco.

A polícia faz perguntas demais. Ele já poderia ter imaginado se, naquele momento, fosse capaz de qualquer coisa. Sua mente parecia não funcionar bem. Teve energia para telefonar para o número da emergência e depois disso um negror passou a toldar-lhe os gestos. A festa acabou. Metade dos carros desapareceu em instantes. Uns poucos bêbados permaneceram ali, jogados nas cadeiras das varandas, desmaiados nos sofás lá dentro. Nada tinham visto. Nada tinham com aquilo. Nem conheciam a morta.

Ricardo ouviu sirenes. Vozes de comando. Foi levado à delegacia. Não viu o caminho, nem mesmo o rosto do policial que tomou seu depoimento. Foi uma longa madrugada. Respondeu a tudo o que lhe foi perguntado, mecânico e detalhista, sem nada omitir. O que havia para esconder?

Afinal, ele perdeu o carro, coisa de família. Não foi sua culpa a menina não saber beber e se estourar toda. Louca. Louca e ciumenta...

Um soluço irrompe de sua garganta sem aviso, sem permissão. As lágrimas ardem em seus olhos. Mariana, a vagabunda. Mariana, a menina que temperou seus sonhos desde a primeira semana na faculdade. Tio Mauro, seu segundo pai. E ele, que não conseguiu chorar no funeral, sente agora tudo vir das profundezas à superfície de seu ser como um leviatã furioso. Ele grita, os dentes cerrados abafando a voz, os punhos fechados agarrando a borda do caixote que é sua mesa.

Quando enxuga os olhos na manga do agasalho, clareando a visão, Ricardo se depara com a esfera de cristal. Ela está bem ali, como ele a deixou. Esqueceu-se daquele objeto que antes o intrigava. Com os acontecimentos dos últimos dias, não teve tempo ou razão para pensar nessa pequena extravagância. Aquilo deveria ter-lhe trazido sorte. Tudo o que ele desejasse. E estranhamente, por alguns momentos, ele teve a impressão de que isso era verdade. Quando as coisas começaram a dar certo para ele.

E se *for* verdade?

Ricardo recapitula os últimos dias. Na manhã seguinte à compra do orbe, recebeu a notícia do restabelecimento do tio e exultou. De tarde, achou dinheiro na rua. Depois, ganhou o carro que há muito cobiçava. Também conseguiu afinal a noite que tanto desejou com Mariana.

Mas perdeu primeiro o horário da entrevista na manhã da quinta-feira, depois a energia no prédio acabou, então morreulhe o tio e por fim causou – embora mal possa admitir o fato – a morte de Mariana.

Foi uma seqüência de sortes e azares. Uma pequena sorte, um pequeno azar. Uma grande sorte, um grande azar. Sempre alternadamente. Ele não quer acreditar, mas já acredita.

Levantando súbito, ele agarra o orbe, metendo-o num saco de supermercado, e se atira porta afora. Chega esbaforido ao ponto de ônibus. Pega o primeiro carro para o centro da cidade, onde as coisas acontecem. Gostaria de dormir no caminho, mas está agitado demais.

Quando fecha os olhos, vê o rosto arranhado da garota, lá embaixo, com a expressão fixa dos acusadores.

◆

A porta se abre violenta. Quem quer que tenha entrado não vem em paz, pensa o vendedor, alisando o bigode. Reconhece prontamente o rapaz que ali esteve no outro dia. Sim, é o mesmo, o de cabelos escuros arrepiados. Mas, se antes era tranqüilo e cético, hoje vem com o ar febril e fanático daqueles que enxergam além. A situação deverá ser interessante.

Ricardo deposita a esfera no balcão com um baque que faz o homem piscar.

– Isto aqui que você me vendeu – balbucia ele –, isto aqui é amaldiçoado.

– Sim, é – a expressão do homem não se altera –, e abençoado também.

– Vim devolver esta coisa. Não quero mais. Fique com ela, pelo amor de Deus...

– Impossível. Só se eu a comprasse de volta, e não quero fazer isso.

– Dê um jeito! – a voz do rapaz se ergue, descontrolada.

– Qual é o problema, jovem? Não prestou atenção a nenhuma palavra do que eu disse? A Magia não cobra caro, é apenas justa. Não faça desejos maiores do que a sua capacidade de agüentar o preço. O orbe foi bom para mim, mas me custou uma esposa, dois irmãos e, bem, algumas outras coisas queridas. Por isso eu o vendi. E não o quero de volta. Você terá de vendê-lo a outro curioso como você mesmo e, lembre-se, por um preço menor.

– Há pessoas morrendo!

Mas o homem começa a circular pela loja, arrumando aqui uma estátua tombada, ali um cordão embaraçado, fingindo não prestar atenção ao desespero de Ricardo. O rapaz, contudo, o segue, acuando-o contra uma estante.

– Como é que eu posso vender essa coisa para outro se sei... o que ela faz? O que ela causa às pessoas?

– Não é problema meu! – berra o homem. – E não será mais problema seu depois que fizer a venda. Eu arranjei um idiota que o comprasse. Arranje o seu.

Ricardo afasta-se lentamente. De um ímpeto, derruba a esfera no chão, mas a queda nem mesmo arranha sua superfície. O homem de barba começa a gargalhar amargamente, uma gargalhada que persegue Ricardo pelas ruas labirínticas do centro, onde deseja se perder e não mais ser encontrado.

Não percebe quanto tempo demora para chegar em casa, cruzando a pé avenidas, sem dor, gosto ou propósito. Quando finalmente passa pela porta do apartamento e pressiona por instinto o interruptor, a luz da sala ilumina o caixote de madeira. Ali está, brilhante e intacta, a esfera.

◆

Os dias que se seguem são vividos sob a anestesia da fatalidade. Ele perambula pelas ruas, um zumbi urbano com uma única missão: perder a esfera. Fazê-la sumir de sua vista. Um dia ele a deixa de propósito numa sala da faculdade, esperando que alguém a roube. Um colega, diligente, a devolve. Noutro dia, do outro lado da cidade ele decide enterrá-la em um terreno a ponto de ser coberto por um prédio de quinze andares onde, espera, ficará bem enterrada e escondida. Ao voltar, ela está bem ali, onde costuma reluzir irônica. Suja de terra, porém.

São várias as vezes em que a abandona em pontos de ônibus, mesas de biblioteca, bancos de praça, esperando que, na rapidez com que se movimentam os transeuntes, alguém a agarre ou o destino a esqueça – e esqueça também de reencontrar Ricardo. Só o que ganha com isso são algumas horas de vã esperança, repetindo um método que reconhecidamente não funciona. Comportamento que bem poderia ser classificado como loucura.

Há o dia em que ele a deixa, embrulhada na humilde sacola, no banco de um vagão de trem. Não se abala quando a garota solícita corre atrás dele para devolver-lhe o esquecido item. Ela é bela e lhe sorri convidativa, mas ele não toma nota desse fato, que em outros tempos lhe teria cativado o olhar.

Também não se sente surpreso quando, no dia seguinte, a seqüência se repete. Ele abandona a esfera. Desce do trem. A garota se ergue. Corre em sua direção.

– Oi! – ela chama. – Moço! Olha... você esqueceu seu pacote de novo. Desse jeito eu vou pensar que você quer mesmo é se livrar dele.

Ela sorri adorável, esforçada. Ele, não.

– É. Mais ou menos – responde apenas, desembrulhando o orbe diante dos olhos da garota.

– Que coisa mais linda!

Algo brilha no fundo dos olhos de Ricardo – algo que não deveria brilhar.

– Gostou? – pergunta com renovada gentileza. – Não quer comprar?

– Uau. Assim, de repente? Por quanto você venderia?

– Quarenta e nove.

– Quarenta e nove, certinho? Olha, só tenho notas de dez, você tem troco?

– Não... não tenho troco.

– Fica por cinqüenta, então.

– Não. Não. Cinqüenta não pode ser. Tem que ser... menos.

Ela o olha confusa nesse instante. Decerto, percebeu a urgência em seu olhar, o segredo tremulando em seus lábios. Que não tenha percebido, Deus.

– Deixa ver aqui. – Ela se inclina sobre a própria carteira, contando notas amarrotadas. – Olha, eu tenho quarenta, mais uma nota de cinco. Pode ser?

– Sim. Quarenta e cinco. Quarenta e cinco está ótimo.

– Que lindo isso... Vou dar de presente pra minha mãe. Ela adora essas coisas exóticas.

Ricardo se afasta, um peso removido de suas costas para outras que logo hão de senti-lo. Sem jamais saber como aliviá-los, ele pensa depois. E se volta, aturdido, culpado, procurando com os olhos a compradora inocente. Ele deve uma explicação, ela deve saber a verdade, por pior que...

Mas é tarde. Ela já sumiu na necrópole.

ERIC NOVELLO

Faz parte do desafio do terror fantástico conduzir o leitor ao impossível, romper as fronteiras da percepção e revelar novos caminhos. Quando o tema é o mítico universo da bruxaria, a responsabilidade passa a ser dobrada.

De fumaça e sombras atualiza o tema, trazendo-o para os dias de hoje, tornando os magos pessoas comuns como eu e você. Não espere ver bruxas voando em vassouras ou feiticeiros barbudos com longos mantos passeando por estas páginas. A magia aqui é cercada de vigas e concreto, barulho e multidão.

Sem mocinhos ou bandidos, o conto segue a história de quatro amigos para questionar até que ponto a amizade e a traição andam de mãos dadas. O suspense fica mais sufocante a cada revelação e, quando a verdade é descoberta, sentimentos e poderes saem do controle.

Como de hábito, Eric Novello rompe o limite entre os gêneros, acrescentando pitadas de *noir* ao caldeirão. O título, aliás, é uma homenagem ao estilo consagrado no cinema, onde os personagem sempre parecem estar mais à vontade na escuridão.

DE FUMAÇA E SOMBRAS

Recostado no parapeito, espio o movimento da rua cessar. Minha mesa já não possui a organização que por anos gritei para a empregada ser imprescindível dentro de casa. Eu mesmo já não encontro anotações e livros, por isso não exijo dela nada além de um bom café na hora certa. A biblioteca virou meu reduto, meu território demarcado no coração da casa, repleto de prateleiras que eu mesmo construí.

Há decerto um sentido nas coisas que, para ser sincero, não enxergo muito bem. A miopia avançou nos últimos anos, é difícil me concentrar em entrelinhas e letras miúdas. Eu costumava dizer durante as aulas que por trás da ilusão há um mundo que você não vê. Hoje digo que você só vê se apertar bem os olhos. Algo próximo do que ouço do oftalmologista.

Apesar das intempéries me mantenho firme. Fiquei conhecido nos círculos de magia como um teórico promissor, talvez por preguiça dos que não queriam enxergar além. Culpa dos livros que escrevi. Culpa dos cursos que criei. Por razões que desconheço, acharam que eu me limitaria às folhas de papel. Esqueceram que as idéias nascem em uma região sem fronteiras e que jamais se prenderiam às páginas de um livro. Tudo o que o homem pode imaginar pode ser criado. Eu adorava essas frases. Repetia que o impossível é somente... somente o quê? O impossível só é impossível até que alguém consiga realizá-lo. Esqueci as palavras certas, mas estão aqui guardadas em uma das gavetas. Separo uma para os blocos de pensamentos rápidos, que foi como batizei as idéias de relance, as coisas fugazes que precisam ser capturadas pela ponta da caneta, antes que desapareçam.

Não pense com isso que sou um velho, de maneira nenhuma. Estou nos trinta e cinco, ligeiramente debilitado pelos excessos, porém disposto a prestar atenção. Existe uma ordem natural no mundo, regras que não contestamos e, mesmo que contestássemos, não mudariam. Elas existem por motivos que nunca me despertaram interesse. O que quero dizer é que são importantes como um sinalizador, e é por isso que ainda me esforço em olhar, mesmo quando a visão cansa e a cabeça dói. Quando as fronteiras entre o natural e o impossível se rompem, o universo avisa invertendo suas regras por um breve instante. Não quero afirmar que vá chover sapos e pétalas de magnólia de madrugada, apenas não me espantaria se acontecesse.

Infelizmente, nem todos são meus fãs. É difícil agradar nesse meio. Levam muito a sério a idéia de se manter nas sombras. O segredo, os iniciados, os verdadeiros valores por trás dos ensinamentos. Baboseiras. Filosofam mais que eu. Há um grupo que sequer acredita que eu fiz o que escrevi. E sendo eu um mentiroso, segundo critérios deles, deveria me afastar dos novatos. Um embuste personificado. Sim, fui chamado de embuste no meu último lançamento. Nem sabia direito o que significava. Gritaram que não agüentavam mais textos e *slides* e que me sustentar vendendo mentiras era criminoso. Gritaram que eu sairia de lá somente depois de uma demonstração. "Onde está sua força, Íkaros? Ou seu único talento é enganar os alunos?"

Meu nome real é Arthur. A maioria dos amigos me chama por esse nome e os que querem me provocar usam Íkaros, você já entenderá a razão. Eu, que normalmente me calo diante das provocações, nesse dia reagi. Eu não tinha que provar nada a ninguém, nem a mim mesmo. Nada mudaria se eu simplesmente continuasse a falar. Era o caminho mais simples, o caminho que não segui. Me distraí com a apreensão dos presentes e a voz sarcástica de quem me provocava na livraria. Curiosamente, não identifiquei seu rosto entre os presentes. Prestava atenção apenas à raiva que nascia em mim. Achei que fosse legítima, realmente minha, com documento assinado e carimbo de cartório. Não entendi que a indignação vinha do passado, de um outro ser que se aproveitava das memórias evocadas na palestra de lançamento do livro.

Distraído com sentimentos, deixei de ficar atento aos sinais.

O mundo físico e o imaterial se tocaram. Senti um leve choque, uma faísca interna.

As lâmpadas atrás de mim se apagaram e a luz voltou esverdeada. Acredito que as pessoas da primeira fileira também notaram, pois prenderam juntas a respiração. Meus pés lentamente se afastaram do chão, me pondo metros acima da platéia. Senti corpo e mente se dividindo entre duas fontes de energia. A invasora tentava me dominar. A cabeça doía cada vez mais. Vi do alto o homem que havia me acusado de pilantra (as roupas mais marcantes que as feições) se calar e sentar na escada, sem saber que o responsável pela mudança não era eu.

Concentrei as últimas forças para reagir. Formei uma redoma de sombras que lançou o teatro na escuridão. "Toda vez que falta luz, o invisível nos salta aos olhos", diz a canção que cito para abrir as palestras. Com o escudo, ficou mais fácil descobrir a direção do ataque e me defender. O foco da energia invasora vinha do livro, do meu livro em cima do pedestal de leitura.

Com os pensamentos em ordem, desci até o chão e desfiz a magia protetora. Agora, estava exposto, mas seria capaz de contra-atacar. Para evitar problemas, reuni as sombras na palma da mão, devolvendo a luz à livraria. Em vez de dissipar a massa negra, projetei-a na direção do livro, que se despedaçou, espalhando as folhas sobre a platéia. Tentei decifrar a expressão dos que me encaravam, mas nunca fui bom em interpretar fisionomias. Sentiam medo ou admiração? E eu, o que deveria sentir?

Quando tentei retomar o fôlego para continuar, percebi que estava exausto. Encerrei a palestra imerso, sem dizer nada, e saí do palco em busca de um sofá e um copo de água. Os joelhos queriam falhar, não deixei. Não diante dos outros. Minutos depois ouvi uma onda de aplausos que dividi em pensamentos com meu agressor desconhecido. Foi a primeira e última vez que me atacaram dessa forma.

◆

Os meses seguintes foram repletos de declarações polêmicas. Fui acusado de me aproveitar de dramas pessoais alheios e mais um par de absurdos que até hoje encontram eco nos círculos de magia. Depois de tentativas de censura da publicação, cheguei a ter problemas em restaurantes, cafés e bares, locais públicos onde raramente nos manifestamos. Era perseguido por outros iniciados, uma espécie de oposição sem mais o que fazer.

No dia da palestra e do incidente, cheguei em casa apreensivo. Tinha recebido cinqüenta cópias do meu livro e agora elas pareciam realmente perigosas. É claro que isso não passava de uma besteira, afinal, livros são inofensivos, não são? Por mera questão de precaução, passei a noite na biblioteca, acordado, esperando o ataque. Mago é morto por livros ensandecidos, diria o informe do círculo. Morto pela própria obra. Demorei alguns comprimidos para me convencer de que eles ficariam ali no canto, comportados como manda a etiqueta dos seres inanimados.

Decidi acreditar que o ataque tinha sido uma brincadeira de mau gosto. A oposição passava dos limites com freqüência. Não seria estranho imaginar que um de seus líderes desmiolados me obrigasse a uma demonstração circense de força, talvez com esperanças de que eu fosse mesmo um farsante.

Foi só alguns anos depois que entendi que a situação era grave.

Passava de meia-noite quando aconteceu. Um pássaro colidiu contra a janela do quarto e persistiu na manobra a ponto de sangrar. Mesmo se dormisse como uma pedra eu teria acordado com o barulho. Demorei a pegar os óculos e entender o que se passava. A pequena ave, que supus ser um pardal, continuou a bater as asas, ignorando que desse modo morreria. Talvez seja cego ou esteja doente, pensei, antes do susto. Mais uma vez, as leis da física se romperam. O pássaro suicida caiu no carpete do quarto ainda se debatendo. Levantei para inspecionar a mancha de sangue. A janela estava intacta. Nenhum caco. O pássaro tinha atravessado o vidro.

Assim que abaixei para pegar o mensageiro de penas, o telefone tocou. Um amigo havia morrido. Um amigo conhecido nos círculos de magia como Vitor. Liguei no mesmo instante para o celular de Liana. Sua filha informou que ela estava no hospital. Tinha sofrido um acidente de carro na volta para casa. Liana era Atenas nas histórias que eu relatava nos livros, Vitor se chamava Zayon. Formávamos um grupo de estudo de magias arcanas, como são conhecidas em termos didáticos as magias mais poderosas e em sua maioria proibidas para os novatos. Logo nos tornamos praticantes, ampliamos o domínio nas execuções e ensinamos uns aos outros nossas especialidades. Decidimos cancelar os encontros quando Augusto, para nós Minos, perdeu o controle de um encanto e desapareceu. Rápido assim. Sem explicação. Minos era um mestre na manipulação de fumaça. Às vezes eu duvidava de que fosse real. Terminava cada aperto de mão com a sensação de que poderia atravessá-lo como se não estivesse lá. E, de repente, não estava mesmo.

Você deve imaginar que praticar magias proibidas causa transtornos. Mais ou menos. Não existe uma punição. A proibição é apenas teórica. Os superiores preferem evitar o termo recomendação com medo de que os mais jovens comecem a vasculhar os livros antigos e pratiquem o que não podem controlar. Ajuda a manter a ordem o fato de que toda magia cobra o seu preço. Quanto mais elevado o círculo de poder, maior o preço a pagar. Proporção direta. Obviamente, Minos mexeu com algo mais forte do que pôde controlar.

Tentamos por seis meses trazê-lo de volta. Começamos com a hipótese de que tivesse se desmanchado em fumaça. Isso foi descartado no primeiro teste, já que não detectamos os seus padrões de energia no local. Uma analogia fácil pode ajudar na explicação. Quando você chega a uma casa habitada, mesmo que ela esteja vazia, você sabe que alguém mora lá. É um sentimento, nada de lógica, a percepção se comunica melhor com o instinto do que com a razão. Se a casa passa muito tempo abandonada, o resquício de presença dos donos desaparece. É comum passar por isso ao comprar um apartamento novo. Você compra a casa, monta os móveis, leva a família, mas demora a sentir que aquilo é seu. O padrão de energia demora a se espalhar pelo ambiente. Minos não deixou nenhum rastro. Nada de migalhas na floresta para serem seguidas. Todas as tentativas seguintes também foram frustradas. Ele estava fora do nosso alcance. Tínhamos ultrapassado o limite. Mensagem compreendida.

Parti para o hospital em plena madrugada, tentando não me afogar nas lembranças. Liana estava melhor do que eu pensava. Muito machucada nas pernas e com pequenos cortes no rosto, porém viva. O médico não me deixou acordá-la. Paulinha, sua filha, me olhava frágil, um pouco tímida, certa de que eu sabia o motivo do acidente, o que só aumentou minha preocupação.

– Vou ser iniciada amanhã.

– Quinze anos... O tempo voa. Meus parabéns – respondi, fingindo não saber.

– Oficialmente iniciada, porque mamãe já me ensinou várias coisas.

– Só não diga isso por lá. Os velhos supervisores gostam de fingir que todo mundo segue as regras.

– Mamãe deixou um recado para você. Disse que viu Augusto na rua.

– O quê? – perguntei, engasgando com as palavras.

– Ele parou na frente do carro e virou fumaça. Ela não viu mais nada e bateu. Pediu para você tomar cuidado.

– Sua mãe é um amor.

– Você acha que ele virá aqui?

Uma pergunta direta. Por que, então, eu não tinha a resposta? Augusto não existe mais. Sua mãe devia estar delirando. Deve ser o estresse, o cigarro, os incensos do Nepal *made in* camelô. Pensei em várias frases, sabendo que nenhuma delas se encaixava. Qual seria o recado do Vitor? O que pensou antes de o coração parar de bater?

– Augusto detestava hospitais. Pode ficar tranqüila.

– E se ele...

– Me ligue.

– Tá – respondeu ela, com um sorriso forçado.

Fica tranqüilo, repeti dentro do carro. Tenho uma noite inteira para me convencer disso.

Dormir não foi das tarefas mais fáceis. Como precisava manter os sentidos alertas, os calmantes foram descartados. Nem o chá de camomila eu aceitei. Preferi ficar na janela, vendo o mundo se espreguiçar. Sempre senti inveja de trabalhadores com disposição para varar as madrugadas nos ônibus lotados. Seres adaptados para acordar antes do verdadeiro amanhecer, a hora em que eu costumava desmaiar sobre os livros na biblioteca.

No grupo eu também tinha pontas de inveja. Liana manipulava matéria luminosa como ninguém, sabia encantar nos pequenos detalhes. Ela estava a léguas da nossa capacidade. Toda vez que ela se aproximava dos limites, mesmo havendo brilho em seus olhos, eu sentia um aperto no coração por nós dois. Apesar de criar grandes esferas de luz, Liana continuava a me seduzir com os truques mais simples, as cigarras, louva-a-deus e borboletas que traçava com a ponta de dedo na escuridão e depois deixava voar pela casa.

Vitor lidava com eletricidade. Cada vez que apresentava uma magia, um de nós saía chamuscado ou com os cabelos arrepiados. Aprendeu rápido a aumentar os impulsos elétricos do próprio corpo e polarizar a carga entre as mãos. Era o tipo de pessoa que você manteria longe da nova televisão de cinqüenta polegadas. Alguém que morreria de ataque cardíaco fulminante ao primeiro descontrole. Quando encerramos as atividades do grupo, vivia com um estojo de comprimidos no bolso, escravo dos horários. E pensar que agora não estava mais aqui. Algo me dizia que, ao contrário de Augusto, ele não iria voltar.

A noite chegou e se foi sem dar avisos. Contrariando expectativas, cochilei na cadeira livre de pesadelos e não fui despertado por mãos fantasmagóricas em volta do pescoço. A imaginação é uma arma perigosa nos círculos de magia. Os que a controlam criam histórias e bons truques, os que perdem a briga sustentam as indústrias farmacêuticas e sua produção de psicotrópicos.

Resolvi aparecer na cerimônia de iniciação de Paulinha. Os convidados me olharam meio estranho, nada a que eu não estivesse acostumado. Os supervisores, esses são sempre simpáticos. Vivem de aparências. Chegaram a me oferecer um lugar na mesa avaliadora, que recusei por falsa humildade. Paulinha se divertiu com a situação. Estava tão animada que se divertiria com qualquer coisa.

Liberada dos rituais do tédio profundo e aprovada no círculo, ela me envolveu num abraço, soprou um obrigado no ouvido e perguntou se poderíamos ir logo para o hospital.

– Aceita um almoço? Ainda falta um tempo para o horário de visitas.

– É que não sou visita. Sou acompanhante – disse, esticando o crachá que pegou na bolsa. Tinha seu nome, identidade e data de nascimento.

– Verdade. Mas nem por isso se alimenta de luz.

– É aqui perto?

– No caminho. Dá para falar muita besteira. Você ainda gosta de lasanha verde?

Interpretei o sorriso como um sim, e então almoçamos. Não soube driblar o silêncio da refeição, que só não foi absoluto pelo barulho dos canudos no refrigerante e uma ou outra risada quando o molho escorria do canto da boca. A apreensão de Paulinha pela volta de Augusto ficava cada vez mais evidente e me obrigava a encarar meus próprios medos e responsabilidades diante da situação.

◆

Liana estava acordada, vendo televisão, e não escondeu a felicidade com a visita. Depois de Paulinha contar em detalhes a cerimônia e falar de todos que mandaram lembranças e desejaram melhoras, saiu estrategicamente para nos deixar a sós. Liana fez um breve resumo da opinião dos médicos e explicou que não tinha quebrado nada. "Foram só cinco pontos na direita, que o médico jurou que não vão deixar marca", disse, buscando um jeito de entrar no assunto principal.

– Que tal me contar o que houve, de verdade?

– Parece loucura, mas era ele. Simplesmente apareceu na frente do carro quando eu fiz a curva, me senti hipnotizada, não consegui reagir. Segui direto sem frear e ele se transformou em fumaça. Evaporou, como daquela vez. Gostaria de dizer que foi por causa da fumaça que eu bati, mas foi o pânico que confundiu os sentidos.

– Acho que Vitor teve surpresas com ele também.

– Por que diz isso?

– Me ligaram para avisar do enterro no mesmo dia do seu acidente.

O choro de Liana foi contido. Secou as lágrimas com a beirada do lençol e respirou tão fundo que pude ouvir o ar percorrendo os pulmões. Ela sempre julgou uma injustiça ter como efeito colateral pela prática da magia somente um gasto excessivo com protetor solar, enquanto eu caminhava para a cegueira e Vitor lidava com um coração cada vez mais fraco. Na época, achávamos que Augusto também tinha se livrado dos seus débitos com os planos cósmicos, e essa suposta superioridade aproximou os dois bem mais do que eu gostaria.

– Eu preciso te contar uma coisa – disse ela, mirando meus olhos, que num reflexo procuraram o chão. Não foi preciso sentir pontadas no coração ou frio no estômago para saber que as notícias não eram boas, mas confesso que superaram minhas expectativas.

Como dito, depois que o grupo se desfez (e Augusto se desfez em fumaça), tentamos resgatá-lo de algum lugar, apesar de não saber qual lugar seria esse. Com o fracasso absoluto, começamos a aceitar o óbvio. Augusto estava morto. A magia tinha cobrado seu preço em uma única parcela. Entretanto, o óbvio varia de pessoa para pessoa. Meus ex-companheiros decidiram continuar os rituais sem me avisar, supondo que eu tivesse motivos para largar Augusto por aí.

Vitor, que vinha se superando na manipulação de eletricidade, começou a testar a abertura de portais, uma comunicação precária com outros planos, coisa que nem eu entendo. Durante todo o tempo, convenceu Liana a manter segredo. O precário foi se estabilizando e, numa dessas buscas, Augusto respondeu.

– Que bela cúmplice você me saiu.

– O Vitor disse que...

– Pare com esse papo. Você sabe muito bem que eu tinha motivos de sobra para querer que o Augusto não existisse. Ou acha que é fácil olhar para a Paula e não saber se ela é... O que me espanta é você ter contado isso para o Vitor.

– Fale baixo. Não é disso que estou falando. O Vitor contou que você foi pago para matar o Augusto. Disse que a sua visão vem piorando e que você mente ao dizer que não pratica mais seus truques.

– Assassino de aluguel, era só o que me faltava. Escute, Liana, metade do círculo de magia tinha motivos para querer que o Augusto morresse e a outra metade não se importaria se isso acontecesse. Ele escolheu a linha mais suspeita para trabalhar, estava ficando com uma força descomunal sem aparentar nenhuma desvantagem. Daí a dizer que eu ou algum dos superiores planejava um assassinato já é demais. O que aconteceu foi suicídio, e a maior parte da minha visão foi consumida elevando os níveis de força para trazê-lo de volta.

– Vitor conseguiu.

– E morreu. Grande troca ele fez.

Decidimos ficar quietos. Cada um com suas mentiras. A verdade nunca é suficiente para explicar os relacionamentos humanos. Quem realmente falava e quem ouvia? Liana? Arthur? Atenas? Íkaros? Bastava pôr e tirar as máscaras. Os méritos colhidos por um, a culpa cabendo ao outro, e tanto um quanto o outro variando em um contínuo, de acordo com a conveniência.

– Eu não sei o que dizer.

– Escute. Eu vou para casa tentar descobrir o que houve. Nós não sabemos ao certo se ele voltou ou se foi uma manifestação ocasional, efeito colateral do curto-circuito do Vitor. Preciso pensar melhor, consultar uns amigos. Quando receber alta, me ligue – disse, saindo sem tentar um beijo.

A mulher que tinha sido minha por anos também era de Augusto e ambos sabíamos disso, travando uma guerra não declarada. Era difícil saber quem traía a quem ou se tudo fazia parte de um jogo. Vitor nunca soube de nada, um modo de Augusto me dizer que queria levar aquilo adiante, de não romper o encanto do segredo. Pode parecer estranho, mas a situação era confortável para os três. Liana tinha a nós dois, eu não precisava temer as escolhas (nunca pensei em encostá-la na parede) e Augusto podia me desafiar fora do campo da magia e alimentar a relação de amor e ódio que sentia por mim. Capaz de matar para me defender, capaz de me matar por puro prazer.

Eu estava na praça entre os pombos quando me fizeram a proposta. Esperei pela hora marcada e com um pouco de atraso ele apareceu. O que me atraiu não foi a quantia gorda do cheque. Eu faria de graça, só precisava de um motivo que não residisse em mim, que viesse de fora para amenizar a culpa. Disse que precisava de um tempo para pensar, embora a decisão estivesse tomada. Matar um mago poderoso como Augusto requer planejamento, avisei, descobrindo que teria a ajuda que fosse necessária. Em casa, pensei em subir o nível de dificuldade do jogo. Beijar Liana na frente dele, desafiá-lo com os olhos tomados de sombras, convidá-los para um desencontro a três. Idéias que sumiram com um copo de uísque.

No dia seguinte fui até a casa de Augusto e avisei que tentaria matá-lo. Disse assim, displicente, no meio de um copo de café, enquanto comentava o novo quadro na parede. Tinha escolhido o caminho certo.

– Então o jogo continua? – foi o que ele respondeu. Para ser sincero, achei que fosse me atacar naquele instante.

– Continua.

– Um novo valor para as apostas.

Não era mais Liana que estava em jogo. O símbolo da vida normal, de um casamento feliz com cachorro no quintal e carro na garagem estava oficialmente substituído. Eu tinha aberto as portas para o outro campo, onde realmente nasciam a inveja, a ambição, o desejo de superar o inimigo. Augusto contou a história do quadro. Tinha-o conseguido em uma exposição, acreditava que o pintor ficaria famoso em alguns anos e o preço subiria. Explicou que os traços eram de um tipo que, e o nome de quem, e as cores de tal, as tintas, os tons, os sons, tudo borrado, confuso, cores e palavras misturadas, sem ordem, o significado fugindo das frases. Lembro de sua boca se movendo, o braço gesticulando enquanto eu pensava no método que usaria para destruí-lo de vez.

O nervosismo me consumiu por dias, até que o plano ficou pronto. Transmiti ao círculo de magia que faria as coisas do meu jeito, sem interferência de ninguém, nem assistências que pudessem atrapalhar mais do que ajudar. O dinheiro foi depositado na conta, me deram o prazo de quinze dias para terminar o serviço. Eu sabia que Augusto também estava preparando seu ataque e lidar com o medo não era nada fácil. Ele era o caçador, eu, a caça. Avisar que iria matá-lo só invertia os papéis na minha cabeça. Além disso, um duelo era mais honroso que um assassinato, apesar da lista de possíveis mortos passar a incluir meu nome.

O tempo passou e os conspiradores me consideravam um herói. A grande ameaça não representava mais um perigo. Augusto tinha desaparecido. Só havia um problema. Eu não tive nada a ver com isso. A grande batalha que travei dia após dia na cabeça não aconteceu. A armadilha de sombras que criei nunca foi usada. Para piorar, me vi no dilema de ter que resgatá-lo do limbo, consumir visão e energia em um projeto sem sentido. Os conspiradores acharam perfeito. Uma ótima forma de ocultar os fatos, de lamentar a perda e usá-la como alerta para os que pretendiam seguir a mesma linha de estudos de Augusto. É desnecessário falar que a paranóia virou parceira de cama, inventando ataques a cada piscadela, sufocando meus sonhos na hora de dormir.

Pensando no futuro, imaginei diversas possibilidades de morte. Dessa vez, era meu corpo que pendia inerte no sofá. Um tremor no indicador me avisava do descontrole nascente. Senti falta de ar, a visão turvando rapidamente. Precisava de um calmante alcoólico qualquer. Um bom uísque. Enquanto enchia o copo, tentei me tranqüilizar, recordando a conversa com Paula na volta do hospital. Tão jovem e tão esperta na hora de me transmitir energia. Seria uma excelente praticante nos círculos de magia.

– Mamãe me teve muito nova.

– Isso é relativo. Tudo tem o seu tempo certo.

– Augusto não é meu pai.

– Quem te disse isso?

– Você. Você me disse em um sonho. Nós estávamos passeando em um parque e você falou.

– É? E você respondeu o quê?

– Que eu já sabia disso.

– E depois, o que aconteceu?

– Você me deu um presente e sumiu. Não lembro direito.

– E você ficou lá sozinha?

– Não, Augusto apareceu. Disse para esperar por ele. Ia resolver assuntos pendentes e depois vinha visitar a mamãe.

– Você fez bem em me ligar, Paulinha.

– Promete que toma cuidado?

– Prometo.

– Boa sorte, pai.

– Vou precisar.

Fui para o banheiro pensando no telefonema. Ele sabia que Paula era capaz de lembrar dos detalhes. Usou a filha de mensageira para falar do acerto de contas. Muito natural. Só uma conversa de cavalheiros. Dessas em que as partes riem juntas e dividem uma cerveja no final.

Ajustei a torneira até a ducha virar um filete de água fria. Dei um passo para trás fugindo dos respingos gelados. A pele entregava o que se passava por dentro e por fora. O frio absoluto, conhecido por uns como medo e por outros como massa de ar polar. Sentei no chão, sobre o tapete, esperando os sinais. Os olhos abertos, cansados por antecipação, as sombras brotando no aconchego de minhas vísceras.

A água descia do chuveiro, pingando em gotas grossas que se acumulavam em uma poça e logo escorriam para o ralo. Podia ouvir o barulho do cano sedento roncando como meu estômago, ambos pedindo por mais num ritual que estava prestes a se encerrar. Sem tirar os olhos das gotas, notei a luz no teto avermelhar perdendo força. O chuveiro, enfim, parou de gotejar. A poça parecia um corpo morto, tentando voltar à vida. Um pequeno cone espichava-se para cima e tombava de novo, vencido pela gravidade. Cansada do balé da derrota, uma gota subiu pelo ar, e atrás dela outra e mais outra. Elas flutuaram até penetrar os poros metálicos, retornando ao cano do chuveiro. As leis enfim haviam se rompido. Era hora de mergulhar a casa na escuridão.

Do lado de fora, tudo parecia tranqüilo. Desci as escadas, espiando corredores e quartos, sem encontrar ninguém. Fiz o mesmo com a sala e a cozinha. Vazios. Nenhum sinal da presença de Augusto. Segui invisível em minha própria sombra, respirando calmo para desacelerar o coração e não ter um colapso nervoso. E se ele tivesse me enganado? Se estivesse agora com Paula e Liana? A cabeça doía demais. Sempre ela. Manchas luminosas dançavam como vaga-lumes soltos pela casa. Resolvi seguí-los, fingir que sabia meu rumo.

Fechei os olhos. O mundo real é um reflexo da imaginação, repeti, lembrando das frases prontas que usava na sala de aula. Não há lógica sem instinto. Lembrem-se da prova, semana que vem. As palestras são opcionais. Eu ficaria feliz com a presença de vocês. Todo inimigo pode ser vencido. A magia arcana é uma arapuca de caçador. Você só se dá conta do perigo quando enfia o pé.

Passei novamente pelo banheiro, um fio de água corria pelo teto. De repente, Augusto apareceu diante de mim com um sorriso de amigos que não se vêem há muito tempo. Desfiz a escuridão no mesmo instante, deixando a casa entregue somente ao breu da noite. Pode não parecer um gesto inteligente, mas a primeira coisa que fiz foi tocá-lo no peito, no pescoço, desenhar seu rosto com a mão. Sem se pronunciar, ele se virou e seguiu para a biblioteca. Foi só então que percebi o rastro de sangue. No fim das contas, Vitor não tinha conseguido trazê-lo de volta.

– Preciso de ajuda, Arthur – disse ele. – Estou morrendo.

– De novo – respondi sem pensar.

– Vitor tentou me matar.

Augusto é o que podemos chamar de caixa de surpresas, às vezes caixa de Pandora, dependendo do referencial. Minos, seu nome no grupo, vinha do lendário rei de Creta, filho de Zeus, que depois de falecer seguiu para o submundo, tornando-se juiz dos mortos. Augusto adorava recitar as passagens de Inferno de Dante em frente à cópia de um quadro de Bouguereau.

Ele começou explicando sua transição para o outro lado. Ao contrário do que eu pensava, tinha sido um movimento proposital. Nada de acidentes. Era esse o objetivo da magia arcana, transitar entre os planos, aprender no reino etéreo um conhecimento superior, que complementasse os estudos daqui. Foi também um modo de me livrar da responsabilidade do assassinato. Uma ilusão para escapar dos verdadeiros algozes, que conspiravam contra nós.

– Não é possível matar o que não se vê.

Descobri que Augusto não era o problema, apenas o seu símbolo. Os conspiradores tinham interesse em desfazer o grupo. Os quatro eram alvos potenciais. Pensaram em nos matar numa emboscada, explodir minha casa. Os planos eram vários. Concluíram que não seria necessário sujar as mãos, bastava transferir a responsabilidade para um de nós. O escolhido fui eu, o trouxa. Augusto criou uma nuvem de fumaça, na qual pude ver o interior dos salões de magia onde os superiores se reuniam. Foi assim que ele soube dos planos. De cara, descartaram Liana pelo romance com a vítima em questão. O mesmo romance me tornou o candidato perfeito para fazer a proposta.

– Por que não me contou?

–Eles saberiam. Morreríamos todos. Isso ou uma guerra. Não sei o que seria pior.

– E aí você dá uma de Harry Houdini e desaparece diante dos nossos olhos. Eu quase fiquei cego tentando encontrar você, não havia rastro de energia. Vitor morreu para te salvar.

– Está enganado mais uma vez.

Temendo que eu não concluísse a missão, os donos do dinheiro também recrutaram Vitor. Novamente, o romance. Foi fácil aquecer o ciúme do excluído, do que não tinha lugar entre os amantes, do que seria derrotado na primeira provocação, aquele que nunca teria ninguém ao seu lado e mais um monte de pensamentos soprados pouco a pouco em sua mente. Vitor vinha treinando com nossos algozes. Estava mais forte do que parecia. Como uma enguia que emite campos elétricos para mapear o ambiente, ele encontrou sinais da energia de Augusto e tratou de apagá-los. Sentiu alívio por não precisar matar ninguém. Receberia a fama, enriqueceria. Ninguém poderia acusá-lo de falhar na missão. O mesmo raciocínio que tive.

Cheio de orgulho, lá foi ele descobrir que os louros da falsa vitória eram meus. Situação delicada.

Vitor continuou desmanchando os rastros. Ele usava a força para que eu não percebesse nada, o que me esvaía da pior maneira possível. Quanto mais eu me esforçava para encontrar, mais ele aumentava os níveis de eletricidade, provocando um desgaste contínuo de ambos. E pensar na visão que perdi na busca de uma ilusão. Cego em todos os sentidos. Na época, me senti um egoísta por parar. Hoje me sinto um idiota por ter começado.

– Liana?

– Acreditou na minha morte, no começo. Pensei em usá-la para convencer vocês dois a me procurar, mas não foi preciso. Duas mentiras caminhando juntas. Você para me salvar, ele para me matar. Os dois livres de acusações de cumplicidade na minha fuga. Só revelei minha presença a Liana por desejo. Foi impossível me controlar. Contei parte da história para ela, Vitor contou a outra, tentando afastá-la de nós dois. Teve muita coragem em alimentar a mentira de Vitor, como se não soubesse de nada.

– Vitor encontrou você, então. Descobriu sua farsa.

– Sim. Nossa farsa. Ele acreditava que você estava junto, que sabia de tudo. A loucura tomou conta. Um dia, passando pela sua casa, me descuidei e ele me achou. Tive sorte de não morrer de primeira – disse Augusto, apontando para a mancha de sangue na roupa. Um pequeno rio vermelho fluía sem parar de um ponto qualquer debaixo da camisa.

– Você tentou pedir ajuda a Liana?

– Sim, mas desapareci. Desde o confronto não consigo controlar a transição. Sou puxado de forma violenta para o lado etéreo. Fiz a transição de Minos, Arthur. Meu lugar é no mundo dos mortos.

◆

Nenhuma história deve se perder no tempo e no espaço. É obrigação dos que falam e dos que escutam mantê-las vivas, protegidas da aspereza da realidade, que fragmenta não suas páginas no aspecto físico, mas o conteúdo, o local onde tocam o sonho, mesmo que retratem a crueza do dia-a-dia. A cada segundo, parece que a capacidade de absorção do ser humano diminui. Antes apenas a ficção corria risco, hoje qualquer tipo de informação vaga distante das mentes que deviam servir-lhe de abrigo. O silêncio (sempre ele) é uma forma de tortura para a boca e os ouvidos. Destinar um fato ao esquecimento não apaga o que aconteceu, ao contrário do que pensavam os que me pagaram para tirar uma vida.

Assim como os bardos, assumi meu dever de passar adiante o que sabia e revelar a conspiração. Contar a história do grupo foi uma decisão de coragem. Tive que expor Liana, Augusto, minha (sua) filha, contrariar muitos dos que acreditavam no coração puro de Vitor. Fazer isso na forma de um romance, um livro para as próximas gerações, enfureceu os culpados. Farsante, ainda gritam alguns. Uma mentira por livro. Desde a primeira publicação, vários de nós desapareceram. "Morreríamos todos. Isso ou a guerra", disse Augusto. Como não queria morrer, optei pela guerra. Corre em alguns centros de ensino que Augusto arrumou um jeito de atacar os magos, mesmo não estando neste plano. Está caçando os algozes. Acho improvável que seja verdade, apesar de torcer pelo contrário.

No último dia em que o vi, Augusto se transformou em fumaça diante dos meus olhos. O ser imaterial vagou pelo corredor até o chuveiro. As fronteiras estavam mais maleáveis naquele ponto. No centro da nuvem cinzenta, um pequeno foco avermelhado surgiu. Ele estava concentrando sua força, ampliando os ferimentos. Era uma cartada suicida. Pedi que parasse. Se alguém ia consertar as coisas, era eu. Bastava atingir o mesmo fluxo de energia de Vitor e liberar a carga toda de uma só vez. Augusto sabia o caminho, só não tinha força para reverter o estrago de nosso amigo elétrico.

Vi meu rosto no espelho, certo de que fazia isso pela última vez. Fechei os olhos e evoquei de cada espaço nas entranhas, de cada célula e tecido a energia que me pertencia. Senti o corpo vibrar desordenado. As trevas de minha mente engoliram a casa e, dizem os vizinhos, um bom pedaço do quarteirão. Aos poucos, fui tragando as sombras para dentro de mim, um fluxo de energia contínuo pronto pra me dividir em dois. Sem saber ao certo o que fazia, abri a boca e os olhos e deixei a energia escapar na direção de Augusto. Sentia-me como um boneco de areia furado no pé, grão a grão esvaziando. No último instante, a torrente de sombras que saía voltou violenta, me derrubando no chão. O sangue espirrou do nariz e da língua cortada pelo baque dos dentes.

Ao abrir os olhos, não contive as lágrimas, fruto da dor terrível e da emoção de poder encarar meu reflexo. Uma fuligem estranha recobria meu corpo, os azulejos e móveis do banheiro. Augusto havia conseguido sobreviver a seu modo. Tinha usado a minha força para se desfazer de vez e me repassar a energia. Suas sombras ainda tentavam se acomodar em meu corpo, sem escorrer pelos poros e ouvidos. Eu sabia que aquilo, fosse o que fosse, fazia parte de mim.

GIANPAOLO CELLI

NESTE *THRILLER* DE AVENTURA E TERROR, Gianpaolo Celli traz à vida antigos mistérios, fazendo-os tão verossímeis e próximos que mesmo sua sanidade, leitor, deixará de ser um porto seguro.

O suspense, quando o Outro Mundo das velhas mitologias se fundir à Viagem Astral do esoterismo moderno e às seitas ancestrais, há muito esquecidas por nossa sociedade, pintará nosso dia-a-dia com um tom sobrenatural que não mais poderemos ignorar.

E quando velhas profecias apocalípticas se fizerem reais não só no cotidiano de Úrsula, mas também em seu corpo e alma, você, leitor, temerá fechar os olhos antes de ter certeza de que a história realmente terminou, ou se, além do horizonte, no futuro, algo sombrio aguarda *Entre Mundos*.

ENTRE MUNDOS

Novamente Úrsula havia conseguido o que queria. A discussão com a amiga Nádia e com Marcel, namorado dela e seu amigo, não importava; assim como não importava o quase meio ano que praticamente perdera traduzindo o velho manuscrito que, por uma coincidência do destino, encontrara numa venda de família à qual, meio a contragosto, fora com a amiga.

E imaginar que eu nem queria ir, relembrou olhando para a serpente enrodilhada na capa do tomo antigo, provavelmente de meados do século XIX, e lembrando de todas as referências folclóricas que nele encontrara, todas as práticas místicas, os rituais sazonais, assim como o trabalho com plantas e ervas medicinais e o culto a divindades anciãs.

Muitos desses assuntos são exatamente os pontos fracos no meu trabalho mágico, raciocinou, lembrando da famosa frase: "Quando o aluno está pronto, o mestre aparece", corrente nas mais diversas tradições esotéricas em que entrara e saíra em sua busca pessoal por conhecimento e sabedoria.

Nada importava. Não mais. O velho livro: *Liber Adeptus; Ordo Serpens Umbrae; Opus Azathoth*, ou *Livro do Adepto da Ordem da Serpente Sombria, Obra de Azathoth*, deveria terminar em suas mãos e havia chegado, e ela sabia que essas coisas não aconteciam por acaso. E se o motivo não havia sido claro na época, depois de haver decifrado a receita para ampliar os horizontes de sua percepção eles se tornaram inequívocos: era o próximo passo em sua Jornada.

É claro que Marcel demorou para aceitar conseguir-lhe os ingredientes da poção, e só o fez depois de estudá-la e ter certeza de que nada aconteceria se as doses indicadas fossem respeitadas.

Eu não sou criança, Marcel, Úrsula lembrou do final da discussão com o amigo quando, sarcástica, sibilou: *E você deveria ter mais fé numa sabedoria mais antiga que a ciência que você tanto venera.*

Lembrar-se de tudo aquilo, assim como ter o alfarrábio às mãos e sentir a serpente em baixo-relevo na capa do mesmo, parecia estranho num momento sagrado como aquele, mas era parte do processo de concentração que criara como base de suas experiências sobrenaturais. E o fluir desses fatos, do que aprendera, além de clarear sua memória, deixar seu raciocínio mais afiado e pronto para o que pudesse acontecer, ativava a egrégora que ela queria utilizar.

A Lua estava cheia e sua luz banhava diretamente o corpo esbelto e desnudo da jovem através da janela aberta quando ela tomou o elixir.

Quase meia hora foi necessária até que a leve tontura desse lugar à sensação maravilhosa de empatia com a natureza, um dos primeiros efeitos da viagem. Como da primeira vez, estava adorando aquela sensação. Era como se ela e o universo fossem um.

Foi, então, que seus sentidos começaram a se alterar. A saliva se formou em sua boca quando o cheiro da terra úmida e das plantas dos vasos que tinha em sua sala de estar, antes impossíveis de sentir, penetrou em suas narinas como que vindo de uma floresta tropical. Era mais do que isso, na verdade. Diferente do que acontecera na primeira viagem, o cheiro, uma mescla de um verde brilhante e artificial e de um marrom escuro e soturno, chegava aos demais sentidos evocando memórias que não tinha certeza de serem suas.

O chão, Úrsula percebeu. Antes duro, agora parecia macio, aveludado. *Como carne humana*, ela constatou, não sem um certo nojo. Da mesma maneira que não podia deixar de sentir os odores que chegavam às suas narinas, não conseguia evitar que sua pele tocasse o piso de madeira.

Foi então que o próprio ar que a envolvia começou a pulsar quente e amargoso por toda a sua pele, vivo como ela mesma, eriçando os pêlos, causando calafrios. Não! Era mais do que isso. Era como se o ar arranhasse. Um zunido estranho começou a soar em seus ouvidos. Irritante de início, mas suave quando percebeu que aquele era o som de tudo o que era vivo, da própria Terra, do Cosmo e de tudo que existe.

O som da entropia, ela pensou com uma certa tristeza, *do universo envelhecendo e morrendo.*

De repente, então, o conjunto de sensações sobrecarregou seus sentidos e a realidade saltou em frente a seus olhos, quase fazendo-a gritar, tamanha a surpresa. A luz da Lua se distorcia e se fundia com o negror da noite em estranhos miasmas pulsantes de um vazio que parecia ter vontade própria e querer aproximar-se, envolvê-la.

Não é real, considerou, tentando fazer com que o receio que tomava conta de sua mente não se tornasse pavor e paralisasse a experiência. Fechou então os olhos...

◆

Quando os abriu novamente Úrsula não estava mais deitada na sala de seu apartamento. À sua frente, em vez da metrópole além de sua janela, descortinava-se um deserto cinzento, inóspito e infindável. Apesar do medo, ela sentiu que conhecia aquele local. Não talvez a duna onde estava, ou mesmo o céu, de um tom mais claro, quase prateado, que cobria a abóbada celeste sem sol, mas aquele ambiente já havia lhe aparecido em sonhos.

Sim, lembrou, vagando perdida naquela vastidão monocromática. *Os sonhos que eu tinha depois de meus rituais.*

A memória da sensação de purificação, de renovação que sentia após acordar de tais sonhos fez com que todo o receio fosse esquecido. Pelo que pareceram horas, ela caminhou por aquele lugar.

À medida que o cinza do céu escurecia, no entanto – pois sem o sol aquele escurecer parecia ser a única maneira de, se não medir o tempo, verificar se era dia ou noite –, uma inquietação começou a tomar conta de sua mente: aquilo nada mais era que uma viagem lisérgica, ela sabia disso. Mas também era a primeira vez que Úrsula se desvinculara totalmente de nosso mundo no processo e, apesar de haver feito uma pesquisa extensa sobre o tema, ignorava o que precisaria fazer para voltar à nossa realidade, preocupação que parecia mais real com a chegada das trevas.

– O que será de meu corpo se eu ficar presa aqui? – pensou alto, começando novamente a se desesperar enquanto sua imaginação brincava, sarcástica, com a possibilidade de que, sem a consciência, seu corpo entraria em coma e, como morava sozinha, ninguém se lembraria de que estava em casa, seu corpo pelo menos, até que ela morresse.

– Será que minha alma vai ficar neste plano de existência para sempre? – considerou em voz alta. Em outra ocasião aquilo teria soado estranho, mas ali, com o que parecia ser o final do dia chegando e sem saber o que fazer...

Por um momento, imaginou se deveria gritar, mas lembrou que não conhecia realmente aquele lugar e que, se existisse algum ser que pudesse lhe fazer mal, ela nem saberia como se defender.

Estava imaginando exatamente essa questão quando um som a fez se jogar no chão de susto. Mil coisas passaram por sua cabeça até que ela novamente teve coragem de buscar com o olhar o que poderia ser aquilo.

Ao longe, duas figuras humanas, ou pelo menos humanóides, pois vestiam sombrios mantos cinzentos que as cobriam totalmente, surgidas como que do nada, seguiam na direção do horizonte.

São seres humanos, Úrsula pensou, imaginando se deveria chamá-los. A dúvida, no entanto, continuava a mesma: *Quem são? O que estão fazendo aqui? Irão me ajudar?*

Como ela mesma, eram seres conscientes, de modo que as possibilidades bailavam em sua mente: iniciados de alguma tradição esotérica, magos negros em busca de algo, espíritos desencarnados ou mesmo seres inumanos de outros planos de existência.

Sem ter certeza do que fazer, decidiu segui-los e ver se, de alguma maneira, a levavam de volta a seu corpo.

O cinza celeste já havia se tornado negro, e ela mal conseguia ver os dois que seguia quando notou o enorme templo surgindo em meio às trevas do horizonte.

– É fantástico... – foi tudo o que o espanto a deixou dizer ao chegar mais perto e perceber que uma forma sutil de energia parecia emanar daquele local, fazendo-o visível apesar das trevas reinantes. E era tão imenso que ela não compreendia como não o havia visto antes. E tão estranho que todo o horror de ficar presa naquela realidade deu lugar à curiosidade de descobrir onde estava.

Na verdade, estava tão perplexa que os dois estranhos chegaram a voltar-se para onde pensaram ter ouvido algo antes de adentrar o imenso portal.

Apesar da tensão, Úrsula não pôde deixar de abrir um sorriso ao esconder-se nas sombras. Era atrás daquilo, afinal de contas, que havia feito a viagem: conhecimento, sabedoria em seu estado mais puro. Ali era onde os conseguiria, de uma maneira ou de outra. Aquela, portanto, não era hora se ser precipitada. Antes de entrar, ela resolveu verificar o templo por fora, até porque não entraria antes de ter certeza de que o portal estivesse devidamente deserto.

Mesmo sabendo que não estava em nosso mundo, a gigantesca construção era muito além do que qualquer um pudesse descrever: os ângulos eram estranhos, errados de alguma maneira que ela não conseguia explicar. A geometria, anormal e não-euclidiana, definitivamente desafiava as leis da física tradicional. Nenhuma superfície ali parecia reta e as curvaturas que inicialmente pareciam côncavas numa segunda verificação muitas vezes se mostravam convexas.

– É incrível – murmurou, novamente chegando à escadaria que levava à entrada. O portal, notou, devia ter ao menos uns vinte metros de altura e terminava logo abaixo de uma roseta decorada semelhante às presentes nas catedrais góticas.

A vagina e o umbigo, Úrsula lembrou, subindo sorrateiramente os degraus. Olhando para dentro do templo em busca de algum ser vivo, continuou a notar o portal daquele lugar; como acontecia em Notre-Dame e em outras igrejas consagradas a Nossa Senhora, a entrada, em especial a porta e a roseta, era uma representação do ventre feminino.

A entrada para a barriga da baleia, do monstro... o coração da Terra, continuou, enquanto sorrateiramente avançava pelos degraus, olhando para dentro do templo em busca de algum ser vivo.

O salão de entrada do templo novamente era semelhante aos das velhas catedrais. Pouco depois da entrada, um enorme labirinto se estendia pelo chão.

– Não é possível... – exclamou ao perceber a serpente brilhando com uma luz negra no centro do local. – É a mesma da capa do livro!

Evitando pisar ali, ela começou a seguir em frente quando, com um frio na espinha, percebeu duas enormes gárgulas de pedra que, dividindo a entrada do restante do templo, guardavam escadarias que davam para o andar superior. Além delas, mais uma vez desrespeitando leis, agora as da perspectiva, o fim do salão, inimaginavelmente mais longe do que se esperava pelo lado de fora, se encontrava imerso numa escuridão brumosa, impenetrável, quase tangível.

Parece que vão me atacar, pensou, evitando as sombras mais além e sem tirar os olhos dos dois demônios que a encaravam. Apesar de ilógico, era como se qualquer coisa que fizesse ali fosse acordar as estátuas.

– O que foi isso? – questionou alto ao perceber sons e movimentos vindos do andar de cima. Buscou à sua volta algum local para se esconder e, sem sucesso, ignorou seu receio anterior e saltou para trás das gárgulas.

Por alguns minutos ficou escondida na escuridão, mas finalmente a curiosidade superou o medo e Úrsula se espichou para olhar. Descendo a escadaria próxima ela viu quatro jovens, dois homens e duas mulheres, com algo entre vinte e trinta anos, nus. *Como eu mesma*, lembrou, não sem uma pontada de pudor. Olhando mais atentamente, percebeu que eles tinham vendas nos olhos.

Atrás de cada um deles, guiando-os, vinham quatro outras figuras, sacerdotes, pela maneira como se vestiam, que congelaram o sangue de Úrsula. Apesar de aparentemente humanos, eles não possuíam olhos. Não pareciam possuir nem os espaços reservados aos globos oculares, ela notou, sentindo seu estômago gelar. Era como se, por algum motivo, há muito tempo eles, ou pior, seus ancestrais, os houvessem perdido. No centro de suas testas, no entanto, havia uma protuberância de onde saía um estranho olho, pequeno e brilhante, semelhante ao de um camaleão, que não parava de se mexer... até que um dos sacerdotes cruzou olhares com ela.

– Oh, meu Deus, ele me viu! – constatou, voltando às sombras, agora já não tão seguras, onde se escondia. Estava encurralada. Não tinha como fugir sem alertar a todos ali e ficar parecia um convite à captura.

Os minutos passaram, angustiantes, até que, não ouvindo som algum, decidiu olhar novamente. Nada! Não havia ninguém ali. Antes, porém, que considerasse que aqueles seres fossem somente alucinações, ela detectou um movimento junto às trevas do fundo do templo um segundo antes que o último deles se perdesse totalmente naquele negror estranho.

O que eu faço?, considerou. Tinha absoluta certeza de que o sacerdote a havia visto. Sabia que precisaria sair dali. Não queria, no entanto, perder o que iria acontecer naquele lugar.

Por um momento, Úrsula imaginou suas alternativas. Poderia e gostaria de seguir os jovens vendados através do templo. Mas a possibilidade de encontrar um daqueles seres de um olho só fazia da idéia algo não muito atrativo.

Olhando para cima, percebeu que as escadarias davam em bancadas que acompanhavam toda a extensão do templo, das gárgulas até além das sombras ao fundo. Apesar da chance de trombar com alguém lá em cima, essa parecia a melhor opção, até porque seguir pelas trevas seria ir de encontro a todos aqueles que haviam descido a escada.

E se perder neste deserto cinzento à noite também não é uma idéia agradável, pensou, selando a escolha com a certeza de que havia sido levada para aquele local com algum propósito.

Subindo as escadas, ela cautelosamente seguiu pelo corredor, sempre tentando se manter escondida.

– Não é possível! – murmurou, estupefata ao olhar para trás. Já andara o que lhe parecia ser quase um quarto de quilômetro naquele balcão. Por sorte, coincidência ou destino, não havia encontrado ninguém. Já passara por horrendos vitrais que pareciam se mover quando ela avançava, pela parede, que parecia ser a externa da enorme catedral, e por portas que não poderiam estar ali. Mal conseguia distinguir as escadarias por onde subira quando, depois de mais tempo do que o necessário para cobrir uma distância aparentemente semelhante na parte externa do templo, só agora chegava às bordas da parte sombria onde o grupo desaparecera de vista.

A lembrança daquela bizarra geometria, insólita e ilógica, gelou seu sangue – na verdade, se soubesse que o templo fora construído tanto no espaço quanto no tempo e que interceptava diversas dimensões, compreenderia que aquilo era totalmente plausível – e ela titubeou por alguns momentos antes de adentrar aquela incoerente ausência de luz.

Úrsula quase deu um grito de susto ao perceber que enxergava perfeitamente. Como tudo ali, aquela escuridão não era constituída por um agrupamento natural de sombras. Era mais como uma imagem em negativo.

Não é possível, repetiu pela que deveria ser a milésima vez desde que começara aquela viagem, quando notou que, apesar de enxergar naquela anti-luz, as áreas iluminadas de onde viera agora lhe eram obscuras.

Antes que pudesse se preocupar com a questão, a voz de um dos sacerdotes fez com que voltasse sua atenção ao que acontecia abaixo.

Eles eram treze ao todo: os quatro jovens, os seres encapuzados que os guiaram para as sombras e, um pouco atrás deles, outros quatro sacerdotes, formando um círculo que se fechava em volta de um grande baixo-relevo de serpente, semelhante ao que vira no labirinto da entrada e em seu livro antes disso. Além deles, fora da formação e junto ao altar, havia mais um ser. *Provavelmente o sumo sacerdote*, ela imaginou, notando os lúgubres detalhes de suas vestes.

Todos ali entoavam litanias à enorme figura draconiana que se projetava do altar, a qual, como a serpente do labirinto na entrada, possuía um brilho baço e gelado. Úrsula estava aterrorizada. Podia sentir a energia pulsando no ambiente. Chegando em ondas, eriçando seus pêlos e lhe causando calafrios. Queria fugir, mas estava paralisada, como que hipnotizada por aquele ritual macabro.

Os sons, os gestos, tudo aquilo parecia surgir em sua mente, ecos do que acontecia ali. Era como se as palavras recitadas evocassem aquele horror diretamente para sua mente.

– Oh, Azathoth – ela ouvia não a canção inumana, mas o sumo sacerdote a recitar –, aquele que é senhor de tudo que não existe. Aparece e presencia o ordálio de iniciação. Como acontece há milênios, agora, estes quatro neófitos deixarão suas vidas mundanas e passarão a honrar a ti. Como prova de seu renascimento para uma nova realidade. Adentrando os labirintos da vida e da morte, além de teus umbrais sagrados...

O silêncio opressor que pontuou aquelas palavras fez com que um calafrio subisse por sua coluna. Sua decisão de ficar ali, no entanto, foi mais forte.

– Existe aqui um que caminha sem fé! – gritou um dos sacerdotes do círculo, quebrado o encanto que havia tomado conta do ambiente. Todos os demais olharam uns para os outros, buscando uma lógica naquelas palavras enquanto os quatros jovens enrijeceram seus corpos, receando por suas vidas. Úrsula nada viu daquilo. A afirmação causou-lhe tal pavor que a única coisa que conseguiu fazer foi abaixar-se de medo e agarrar forte seus joelhos, como se a posição, semelhante à de um feto, pudesse protegê-la. Como os jovens abaixo, ela não sabia se aquilo havia sido parte do ritual ou se, por alguma razão, o sacerdote falara dela mesma.

Será que foi o que me viu?, perguntou em pensamento, sentindo o estômago se revirar e as pernas amolecerem ainda mais.

O tempo passava. Cada momento era uma tortura para sua mente, que via aqueles monstros chegando e capturando-a, até que ouviu:

– Não! – o sumo sacerdote encheu a câmara escura com sua voz potente. – A chama do altar crepita e as brumas surgem. Logo Azathoth estará entre nós.

– Mas os sinais...

– Os sinais são um aviso de que a profecia logo se cumprirá.

Por um momento a palavra *profecia* ecoou entre os demais sacerdotes, e até Úrsula esqueceu seu medo e voltou a espiar o que acontecia lá embaixo. Com espanto, percebeu que realmente uma névoa se formava acima da grande serpente.

Os sacerdotes do círculo então levantaram suas mãos, como numa saudação às brumas, que começaram a pulsar. E a cada pulso, a cada contração das mesmas, que pareciam respirar, um jato de luz negra surgia. E cada vez mais aquela massa de névoa se tornava uma cópia da horrenda figura draconiana do altar.

– Iniciados, tirem suas vendas! – ordenou o sumo sacerdote. – Vocês estão prontos para o futuro que Azathoth lhes reserva?

– Sim! – os quatro responderam em uníssono.

– Por nove dias e nove noites vocês fitaram as trevas da morte, pois somente aqueles que são cegos para um mundo podem ver o Outro. Estão prontos para o sacrifício daquele que caminha na senda do adepto?

– As adagas! – ele exclamou ante a nova afirmativa.

Úrsula não pôde acreditar no que viu depois. Para seu horror, ao receberem as armas de seus tutores, cada um do iniciandos enfiou a lâmina em seu olho esquerdo, arrancando o globo ocular. Num ato reflexo, as mãos cobriram a boca, impedindo-a de gritar ao ouvir o estouro seco, som que ficaria impresso em sua memória enquanto ela vivesse.

Dando continuidade ao ritual, os jovens jogaram seus olhos na névoa, que explodiu numa luz negra tão forte e cegante que ela foi jogada contra a parede da bancada e desmaiou.

◆

Ela recobrou a consciência com o calor do sol aquecendo gentilmente seu corpo. Como uma gata, ela espreguiçou-se. Gemeu gostosamente enquanto os músculos crispados se alongavam. Já há muito não dormia no chão.

– Uau! Que sonho – murmurou, finalmente abrindo os olhos. – Que exper...

A palavra morreu em sua garganta no momento em que percebeu que não havia claridade.

– Não é possível! – exclamou, enquanto tateava para ter certeza de haver voltado ao seu corpo, à nossa realidade.

Estava de volta. O chão não mais era de pedra fria, mas a madeira do assoalho de seu apartamento. Estava em casa, em sua sala, como na noite anterior... mas estava cega.

– Oh, meu Deus! Foi real! Foi tudo real! – Úrsula exclamou, mantendo os olhos fechados como se, com isso, ao voltar a abri-los, a situação pudesse mudar.

Por incontáveis batidas de seu acelerado coração ela esperou, rezando em seu íntimo para que aquilo não passasse, de alguma maneira, de uma macabra ilusão de seu corpo para com ela mesma.

Eu não abri os olhos, considerou após algum tempo, depois de achar ter piscado. Estava tudo escuro afinal de contas. Sua consciência lutou respondendo que, com o calor que sentia em sua pele, não haveria negror, mas o tom rosa alaranjado de suas pálpebras, mesmo com os olhos fechados.

Desesperada, Úrsula levantou-se e, ignorando a organização de sua sala de estar, saiu a tatear. Só depois de haver batido em algo e ouvido o que quer que fosse se estatelar no piso pela segunda vez foi que ela parou.

O que vou fazer?, perguntou em pensamento, imaginando possibilidades. Precisava buscar ajuda, ligar para algum hospital, falar com um médico, chamar um táxi. A resposta era clara, devia chegar ao telefone. Mesmo se tivesse o aparelho em mãos e ouvisse o tom da linha, ela lembrou que a questão se manteria. Como faria a ligação? O número dos Telefones Úteis bailou em sua mente, mas isso resolveria só metade do problema, pois, havendo descoberto para onde ligar, como faria a ligação?

– Será que se eu falar com um atendente... – falou alto, tentando controlar o pavor irracional que começava a tomar conta dela.

Algum amigo, pensou, o desespero diminuindo a vergonha da situação. Tinha de fazer algo, sabia disso. Mas o quê?

A solução lógica seria ir a algum hospital e verificar aquilo. Mas como explicar o que acontecera? Quem acreditaria se contasse o que se passara com ela?

E se não tiver cura?, questionou-se em pânico, novamente se levantando e esbarrando nos móveis. – *E se eu tiver perdido a visão para sempre?*

Já sei! O Beto vai me ajudar. Lembrou-se do ex-namorado oftalmologista enquanto, com dificuldade e quebrando mais algumas coisas em seu caminho, conseguiu chegar ao telefone. A última coisa que queria era ter de passar por um hospital e inventar algo para explicar como aquilo acontecera.

◆

– Parece que seus olhos foram expostos a uma luz de intensidade e características incomuns, e isso causou um estresse nos nervos óticos – comentou Roberto, após uma bateria de exames. – O que aconteceu?

– Nem queira saber – Úrsula tentou sorrir. Queria evitar a questão, mas parecia impossível. E ela não gostaria de mentir.

– Tem algo que você gostaria de me dizer? – continuou ele, paternalmente, ignorando a deixa.

– Como assim?

– Bem, depois que nós terminamos você some, não aparece nem para uma consulta; mal fala comigo a não ser quando estamos com amigos em comum, então surge aqui... com os olhos assim... e mesmo sem me dizer como isso aconteceu quer que eu te diga o que fazer?!

Como sempre acontecia, Úrsula tinha diversos chistes, piadas e frases feitas para a situação, mas todas entalaram na sua garganta, que chegou a doer. O tempo passou e um silêncio pesado e cada vez mais incômodo tomou conta do recinto. Ela queria falar alguma coisa, dizer que sentia muito, mas uma vergonha quase infantil impediu-a.

– Tá bom, não precisa dizer nada – Roberto quebrou o silêncio, sem tentar esconder a decepção. – Com o tempo o nervo se recuperará do estresse. De qualquer maneira, eu vou receitar um colírio especial. E evite luzes fortes ou olhar diretamente para o sol nos próximos dias. Use óculos escuros... até de noite!

– Me desculpe... – foi tudo que ela conseguiu responder, pegando a receita para o colírio que Roberto colocava em sua mão, não sem um certo constrangimento. – E obrigada. Você é um anjo.

◆

A semana seguinte foi bastante difícil para Úrsula. Havendo recobrado aos poucos a visão, a incapacitante lembrança da cegueira ainda estava fresca e, passada a curiosidade em relação à estranha experiência, sobrou somente o medo de que, como a cegueira, aquilo também houvesse sido real e que de alguma maneira ela estivesse atada àquelas criaturas estranhas e a tudo o que acontecera durante a viagem.

Todos os *déjà vus* foram ignorados, assim como os pressentimentos e previsões que lhe surgiam à mente antes que as coisas acontecessem realmente. Tudo era *coincidência*, um *curto no cérebro* ou tinha uma *explicação científica e racional.* Mesmo assim, o reconhecimento de caras estranhas, de olhos vidrados na multidão que pareciam segui-la aonde quer que fosse, isso foi algo que não conseguiu evitar e que lhe trazia um pavor maior do que qualquer um que ela já houvesse sentido em sua vida. Sobrava ainda o aperto no peito por não só precisar da ajuda de outra pessoa como por esta ser, precisamente, um ex-namorado. E também pela falta de confiança mostrada por Úrsula ao não ter coragem de contar para ele ou para seus amigos mais íntimos sobre sua experiência.

Eu vou compensar, pensou, irritada por não conseguir se concentrar em seu trabalho, por aquele episódio todo haver mexido tanto com ela. *Vou ligar pro Beto e marcar algo.*

A imagem de si mesma com Marcel, Nádia e o próprio Roberto num barzinho foi muito clara quando Úrsula tocou no telefone em sua mesa. Ela pôde sentir inclusive que algo naquela situação a incomodava sobremaneira. Quando tentou descobrir o que era, contudo, o aparelho tocou, quase fazendo-a pular de susto.

– Vi? – ouviu. – Oi, é a Na. Eu tô ligando pra saber se você tá a fim de uma *happy hour* hoje depois do trabalho. – É sexta, afinal de contas, e ninguém é de ferro! – continuou a amiga, sorrindo do outro lado da linha ante o súbito mutismo de Úrsula.

◆

Uma folga com os amigos pareceu natural naquela sexta-feira. *Eles*, entretanto, também estavam ali, em busca de Úrsula, e agora não mais de uma maneira discreta, mas abertamente. Por um momento ela não chegou a acreditar. Olhou uma segunda vez por entre a multidão que se espalhava pela avenida lá fora somente para ter certeza de que não estava imaginando aquele ser... aquele homem sem olhos que, a não ser pelo estranho olho réptil que surgia logo acima da testa, ao contrário dos sacerdotes em sua viagem, parecia vestir-se como uma pessoa comum.

Não pode ser, pensou, olhando em volta para confirmar se ninguém havia reparado. Sentiu um calafrio ao perceber que a criatura havia sumido naquele mar de gente que saía para relaxar após uma semana de labuta.

– Úrsula? – perguntou Marcel, chamando a atenção da namorada, Nádia, para o comportamento estranho da amiga. – O que você está procurando?

– É! O que está acontecendo? – Nádia perguntou, encarando-a. – Você está estranha nestes últimos dias. Distante... sei lá!

– Eu... – Úrsula gaguejou em resposta, não sabendo como ou se queria dizer algo sobre a estranha experiência que, apesar de sua vontade, parecia se estender por muito mais do que deveria.

– Isso não tem nada a ver com o problema dos... – Roberto comentou, sem poder terminar a frase, pois, quando a garota se virou para interrompê-lo, ela sentiu toda a tensão dos últimos dias amolecer suas pernas. Teria ido ao chão se o próprio ex-namorado não a tivesse segurado.

– Eu sinto muito... – Úrsula começou a desculpar-se. O sorriso morreu em seus lábios, assim como as palavras, sufocadas na contração de sua garganta quando, envergonhada, viu a preocupação estampada na face de seus amigos.

– Acho que minha pressão está baixa. Eu vou dar um pulo no banheiro e já volto – continuou, tentando sorrir enquanto se desvencilhava de Roberto e se distanciava antes que os outros pudessem dizer algo. – Vão pegando uma mesa!

Como ninguém vê esses ciclopes?, Úrsula questionou-se, aproveitando o momento de privacidade no toalete do barzinho para enxaguar o rosto e pensar no pesadelo em que sua vida havia se transformado. A única e inescapável opção em relação à situação, no entanto, era que estaria ficando paranóica, louca ou pior, estava tendo alucinações.

– Não é possível! – exclamou para o recinto vazio, negando com veemência a idéia.

– O que não é possível? – perguntou uma voz desconhecida vinda de suas costas.

– Desculpe – Úrsula gaguejou em resposta, sorrindo após recobrar-se do susto. – Não é nada, não! Eu achei que o banheiro estivesse...

– Vazio? – continuou a estranha, terminando a frase que morrera na garganta de Úrsula ao perceber que seu olho esquerdo era baço, opaco como o de alguém com catarata. – Em uma semana haverá uma lua nova – ela continuou, após perceber que havia sido reconhecida – e *nós* teremos uma nova cerimônia na qual *você* deverá estar presente. Você receberá instruções sobre o que e como irá fazer na data. E lembre-se, *caminhante sem fé*, nós te conhecemos, sabemos quem são seus amigos e sua família. Se você não agir de acordo, pessoas que você ama poderão acabar... como direi? Como cinzas ao vento. Agora volte pra mesa, Roberto, Nádia e Marcel estão esperando. Lembre-se: sete dias de hoje!

◆

O final de semana estava quase terminando quando Úrsula, após muita tensão e desespero, conseguiu aquele que parecia ser seu único trunfo contra o terror que ela mesma invocara para sua vida. Havia lutado contra tudo, desde os medos que aquela situação havia aflorado até sua descrença em relação à questão de destino, o qual sempre achara uma baboseira.

Haviam sido quase dois dias e noites lendo o *Liber Adeptus*, mas, após limpar todo o contexto folclórico e adaptar algumas palavras para uma linguagem atual, ela finalmente leu:

O início será, como sempre, na hora mais negra que antecede o final da noite – da razão. Essa data será marcada pela presença de um caminhante sem fé. Será dele, de suas entranhas que Azathoth renascerá. E, em vez do final dos tempos, o messias trará de volta uma nova era de tradição, sabedoria e poder reais, quando não a vã ciência, mas a magia e a alquimia serão adoradas como verdade, quando nosso mestre Azathoth nos guiar pelos abismos da loucura e do outro mundo... E nós reinarmos sobre a Terra numa orgia de glória suprema.

Com o que havia descoberto durante sua pesquisa, buscou sentido naquelas misteriosas palavras.

– "O início será, como sempre, na hora mais negra que antecede o final da noite – da razão" – releu ela, lembrando que aquela sociedade, Ordo Serpens Umbrae ou a Ordem da Serpente Sombria, original de algum lugar do Leste Europeu, Prússia pelo que pôde deduzir, havia sido criada no final do século XVIII.

A figura da serpente leva ao aspecto mítico. A analogia à sombra, o inverso da luz, mostra que o objetivo deles era, portanto, ser um contraponto ao iluminismo, ela puxou pela memória, *buscando a liberdade pessoal em vez de esperá-la de organizações e governo, além de magicamente evocar a energia da Terra para cada um deles...*

– De modo que cada pessoa deveria tomar a iniciativa de sua evolução pessoalmente, buscando sozinha seu desenvolvimento em todos os sentidos, físico, energético e espiritual, sem depender do Estado, do governo ou da sociedade para isso – terminou, em voz alta, algo chocada com a semelhança de tal doutrina com aquilo em que ela mesma acreditava.

Assim, sou eu este "caminhante sem fé", continuou pensando, ignorando os medos que lhe surgiam à mente, *e essa data, "o final da noite da razão", pode estar relacionada às inúmeras teorias de que o final dos tempos aconteceria por volta de 2014. A baboseira final não passa de discurso malfeito de vilão,* continuou, jocosamente, buscando com isso se acalmar, *de modo que eu só preciso me preocupar em descobrir o que eles querem comigo...*

Realmente, a parte que falava dela, apresentando-a como um caminhante sem fé de cujas entranhas Azathoth renasceria, era o que lhe gelava o estômago.

– Só há uma maneira de saber o que aqueles malucos de um olho só querem de mim em outra cerimônia – falou alto para a solidão, não conseguindo acreditar na loucura que sua vida havia se tornado enquanto, tentando enganar o medo, com as mãos trêmulas levava o último frasco de elixir à boca.

Cada uma das sensações pareceu mais intensa do que das duas vezes anteriores em que Úrsula tomara a poção. A nova, e pior delas, contudo, foram o gosto de bile que sentiu desde sua garganta e o cheiro dele em suas narinas.

◆

Apesar de abrir os olhos esperando ver o local onde vomitara em sua sala, Úrsula não estranhou quando seu olhar não pôde distinguir nada além do cinza à sua volta.

Era o que eu queria, afinal de contas, lembrou. Nem teve tempo de perguntar-se como encontraria o templo, pois quando voltou seu olhar em busca de um ponto de referência no horizonte monocromático percebeu, quase caindo de susto, que estava na frente da ciclópica catedral.

Sem perder um instante, rolou por uma duna e buscou abrigo junto às estranhas paredes do edifício. Não queria dar chance alguma para aqueles malditos.

Apesar de aparentemente a entrada do templo estar vazia, aguardou pelo que lhe pareceu uma eternidade antes de decidir-se por entrar e, quando o fez, teve de ignorar totalmente os sentimentos conflitantes que assaltavam sua mente para se por em pé. E apesar de a lógica, a coragem ou a loucura haver prevalecido, ela sentia, no fundo de seu ser, que não deveria estar ali.

Com passos leves e uma cautela muito maior do que a inicial, esgueirou-se pelas paredes, mais uma vez evitando o labirinto, até chegar junto à gárgula que guardava as escadarias.

Esta escuridão estranha pode esconder qualquer um, lembrou, novamente aguardando. *Pelo menos eles não me esperam aqui.*

Um som que lhe pareceu vir das suas costas quase fez com que Úrsula pulasse de susto, levando-a a olhar para trás.

Nada! Não havia nada ali, a não ser a parede vazia de pedra cinzenta. Da escadaria acima, no entanto, descia um par daqueles estranhos sacerdotes que, sem notá-la, passou pelas gárgulas e seguiu pelo labirinto e pelo portal em direção ao deserto cinzento.

Respirando fundo, ela tomou coragem e seguiu o caminho inverso do feito por aqueles insanos, subindo a escada e indo de encontro ao andar superior. Estava ali em busca de respostas e não as encontraria se escondendo.

Seguindo pelo mesmo corredor que usara da vez passada, ela caminhou, passando pelos vitrais e pelas portas que, apesar de normais, pareciam impossíveis pela lógica, se esta fosse aplicada àquele local, pois simplesmente dariam na parte externa da construção. Já de chofre, por não haver conseguido nada nas duas primeiras portas, que estavam trancadas, ao tentar a terceira Úrsula teve duas surpresas. A primeira: a porta aberta dava num grande salão, uma espécie de biblioteca da Ordem. A segunda: quatro dos sacerdotes estavam ali e agora a encaravam com seus olhos centrais reptilianos.

Antes que pudesse fazer algo, uma voz que ela reconheceu como a do sumo sacerdote gritou:

– Segurem-na! – E dois braços fortes como aço a apanharam, prendendo suas mãos junto às costas.

– Obrigado por cair em nossa armadilha, querida – sorriu desdenhosa uma mulher que Úrsula reconheceu como aquela que a encontrara no *happy-hour* da sexta anterior.

– Foi como o senhor previu, mestre – comentou outro deles.

– Sim! – continuou mais um sacerdote, num tom quase jocoso. – Instigá-la a vir aqui e possibilitar sua captura foi genial...

– Obrigado, irmãos – o sumo sacerdote respondeu num tom solene. – Mas isso nada mais é do Azathoth dirigindo nosso destino. Agora prendam-na e vamos ao ritual.

– M-mas ele não seria s-só na semana que vem? – Úrsula gaguejou, tentando, apesar do terror que lhe queimava as veias, ganhar algum tempo.

– Por favor, me acompanhem – o médico de plantão na tarde da quinta-feira pediu que Nádia, Marcel e Roberto saíssem da UTI antes mesmo que eles pudessem perguntar-lhe algo.

Os quatros seguiram em silêncio para o corredor. Mesmo com os amigos querendo saber como aquilo havia acontecido e com o medo quase palpável que pairava no ambiente, só mesmo quando estavam sozinhos ele perguntou:

– Será que vocês não saberiam se sua amiga estava se relacionando com alguém?

– Úrsula? – Nádia perguntou. O choque da questão inusitada se sobrepôs ao temor que sentia. – Desculpe, doutor, mas há mais de ano que ela não tinha o que se pode chamar de uma *vida sexual* – lembrou Roberto. – Por que você está perguntando?

– Bom, parece que nossa segunda bateria de exames indicou um início de gravidez, e é de praxe em casos em que a mãe está em coma, como acontece aqui, que nós entremos em contato com o pai da futura criança. Especialmente quando a família, como a de Úrsula, é do interior.

A frase do doutor ecoou no silêncio do ambiente enquanto os três amigos absorviam a informação.

– Espera aí! – Nádia exclamou, saindo do choque em que a informação a havia jogado. – O senhor está dizendo que, além de em coma, a Úrsula está grávida?!

NAZARETHE FONSECA

Nunca o ditado "cuidado com o que deseja, pois você há de conseguir" foi tão efetivo como aqui. Com seu estilo quase televisivo, que leva o leitor para dentro da história, Nazarethe Fonseca relata as aventuras de um clube de literatura cujos membros usam contos de horror para encobrir suas falhas, vícios e deslizes morais.

Nesta corrupta e imoral *Ciranda dos Desejos*, a única coisa que vale é atingir objetivos, não interessa quão torpes e depravados sejam eles. Mesmo assim, tudo acabaria bem se, além do sexo e das drogas, também não houvesse magia negra.

Os membros, no entanto, perceberão seu engano, pois aqui a magia cobra um preço por tudo que oferece. E esta é uma troca que, seja cruel e macabra, seja doce e prazerosa, quase nunca é justa.

A CIRANDA DOS DESEJOS

– Como começou? – Roberto perguntou, realmente curioso e tomando nota. Estava esperando por aquela entrevista há bastante tempo e pretendia tirar todo proveito.

– Um grupo de amigos, o entusiasmo da faculdade, excesso de confiança e magia negra – Virgínia esclareceu.

– De quem foi a idéia?

– Foi uma idéia coletiva – revelou ela sem medo. – No entanto, quando o livro apareceu, tudo se tornou mais claro. Um só pensamento brotou na mente de todos, tomou corpo e logo tinha vida própria. Éramos cinco. Márcia conseguiu a casa. Foi fácil, já que estava na mão da corretora de seu pai e ninguém se interessava pela propriedade. Ela pegou as chaves. E o acaso conspirava a favor de qualquer evento.

Virgínia falava com o olhar perdido, batendo o cigarro no cinzeiro.

– A casa tinha uma aura perfeita, sabe? Aquele toque sinistro, recantos insondáveis, sombras. Um grande salão com piso de mármore. Pelo que soubemos, ninguém queria a casa porque ela fora palco de um crime hediondo – desdenhou friamente. – Não existe nada mais perturbador do que uma porta fechada. A mente começa a fazer perguntas e o mal surge pela fechadura. – A fumaça cruzava os lábios carnudos.

– Então, Virgínia, me diga uma coisa. Você realmente acredita ser uma bruxa?

– Beto, não é isso? – ela quis saber, brincando com o cigarro entre os dedos delicados.

– Sim, pode me chamar de Beto. – confirmou o jornalista.

– O que espera que eu faça? Que mostre uma vassoura, um caldeirão? Não seja ridículo! Magia é muito mais que ritual.

– Virgínia pareceu bastante séria agora e Beto percebeu que ela realmente acreditava.

– A resposta é sim – ele respondeu pelos dois e depois sorriu. – E o livro?

– Eu o achei em uma lojinha de antiguidades no centro desta estranha Necrópole em que vivemos. Aqui tudo acontece, as pessoas parecem ter esquecido o sentido do que é real e imaginário. Confesso, já vi pelas ruas verdadeiros zumbis – brincou. – Costumava sempre ir lá comprar velas e coisas do tipo. A dona estava com um novo lote de objetos e, quando o vi, sabia que ele tinha que ser meu. Era o livro mais real sobre bruxaria que já havia visto. A capa de couro costurada à mão, as páginas amareladas, os feitiços... – divagou com prazer.

– Faça algo para mim, um feitiço – Beto provocou a jovem, observando-a semicerrar os olhos malignos, misteriosos.

– O que prefere: perder a língua ou a virilidade? – respondeu Virgínia à altura da provocação.

– Nenhum dos dois. – disse ele, mostrando que não a temia. – Fale mais sobre magia. Fez muitos feitiços do livro?

– Grande parte deles, todos maravilhosos. – Ela baixou a cabeça e estendeu a mão para o gravador.

Beto viu com espanto o objeto transformar-se em um sapo. Ele recuou e ergueu-se da cadeira, analisando Virgínia com curiosidade.

– Convencido? – perguntou, diante da demonstração vaidosa de poder que lhe deu.

– Surpreso seria mais apropriado. Afinal, você criou uma ilusão.

– Sim, uma ilusão materializada com a força de um feitiço, da magia.

– Eu não costumo acreditar na primeira coisa que vejo. Sou um jornalista, meu dever é buscar a verdade. – Beto tentava achar uma explicação lógica.

– Melhor ir embora. O que vai ouvir de minha boca vai parecer mentira agora e sempre – disse pensativa. – Você jamais vai descobrir a verdade. Tudo que pode fazer é acreditar ou duvidar.

O jornalista voltou a sentar-se, tocou o gravador que voltara à sua forma original, fitou a face de Virgínia e resolveu voltar aos fatos. Afinal, estava ali para escrever uma história, não para repensar suas crenças e convicções pessoais. Quando ela voltou a falar, parecia mais aberta. Ela não lhe negaria nada.

– Havia muros, privacidade, coisa rara nesses dias. – Silenciou-se por um instante e, quando falou, estava muito séria. – Rodrigo e Fernanda traziam a bebida, a comida, a maconha, ou seja, tudo de que precisávamos. Não era incomum vê-los transando enquanto fumavam. Tinham um envolvimento do tipo: "Se você pular, eu pulo junto." Louco, mas verdadeiro. Será que era amor? Talvez, levando em consideração os laços emocionais.

– Estão faltando duas pessoas. – Sim, eu sei – respondeu com indiferença. – Marcos. É o nome de uma figura bíblica, mas o "nosso" Marcos nada tinha de santo. Aquele filho-da-puta nunca prestou – divagou, apertando o cigarro entre os dedos.

– O que ele conseguia para o grupo?

– Encrenca – respondeu com malícia. – Mas todos gostavam. Nós não tínhamos um pingo de moral. Eu nunca tive, ficava no centro, a essência, o espírito de tudo. Lembro que as primeiras sessões eram fantásticas. Histórias terríveis, emocionantes e emocionais, cheias de violência e terror absoluto.

– Espere. Você disse que praticaram magia negra.

– Sim e não. O objetivo do grupo a princípio era somente literatura de qualidade. A magia surgiu por acidente. Não se preocupe, contarei tudo – ela tranqüilizou o jornalista. – Gravei todas as nossas reuniões, mas as fitas se perderam – disse, fazendo novamente a expressão pensativa que a dominava vez ou outra, como se enfrentasse o passado naquele instante.

– E o livro?

– O diabo levou – Virgínia brincou. – Havia um pouco de tudo, mas e daí?! O nível intelectual supostamente subia? Uma ilusão, como isto – falou, mostrando o cigarro. – Um charme mortal misturado a um pouco de ignorância biológica. Pura pretensão humana de acreditar que se pode enfiar fumaça peito adentro e sobreviver. Lábios, boca, língua, garganta e todo o resto descendo pelo esgoto, uma recompensa maligna por um pequeno prazer. Era o que fazíamos, nos enganávamos com nossa falsa cultura e intelectualidade. Matando o tempo ocioso com mais ócio, usando drogas, fazendo sexo irresponsável e nos achando deuses e deusas. Com o passar do tempo as reuniões ficaram mortalmente enfadonhas, as histórias, fracas, a imaginação escorria pelo ralo. E as mãos desocupadas eram armas do diabo. O objetivo do clube, a literatura, foi morrendo. Não havia mais imaginação – reclamou. – Marcos surgia com uma prostituta vez ou outra, algo realmente medonho, confusão pura! Cheiravam cocaína na nossa frente. Ele oferecia para Rodrigo e Fernanda, mas eles não queriam. O negócio deles era maconha. Márcia achava tudo marginal e ia dormir em um dos quartos vazios com um de seus "amigos". Às vezes, ficava na sala, que geralmente ocupávamos sem ânimo para nada. Marcos gostava de transar com sua "prostituta de estimação" na frente de quem tivesse estômago para assistir. – Não que me importasse com o fato, afinal, vi-o fazer sexo com ela enquanto fumava meu narguilé. Foi um desafio mudo. Geralmente eu me levantava e saía, mas fiquei e o vi sem pudor algum possuir a mulher aos meus pés, enquanto me olhava fumar impassível. Mas o que me aborrecia era saber que Marcos a possuía pensando em mim – revelou friamente.

– Vocês tiveram um caso?

– Não. Marcos era um merda!

– Achava-se melhor que ele, é isso?

– Não seja ridículo. Marcos era uma lixeira. Estava sempre de boca aberta, ou seria melhor dizer braguilha? – escarneceu, fazendo a raiva sumir. – O fato é que não sentia nada por ele.

Uma vez, depois de ter terminado sua transa hedionda, entrou no salão onde eu estava e me viu lendo o livro. Tomou-o de mim e fez de minha crença uma grande palhaçada. Estava enrolado numa toalha e, aos berros, chamou os demais para me verem.

– Eles não sabiam que era bruxa?

– Sim, mas nunca tinham me visto praticando como naquele momento. Usávamos a estrela de cinco pontas para marcar os contos, cada história em uma das pontas. Mas eles não levavam nada a sério. Eu havia desenhado no chão um círculo mágico e a força do livro fluía sem que eles percebessem. Logo, estávamos todos ao redor do livro. Passávamos as páginas como se ele fosse um livro de receitas, rindo, brincando com uma força real que eles desconheciam. E de modo irresponsável lemos um feitiço todos juntos. Era algo simples. A ciranda dos desejos. Cada um deveria fazer um pedido para depois lermos o feitiço juntos. Coloquei-os no círculo e deixei que fizessem seus pedidos. O que aconteceu foi estranho. Lembro da chuva e dos relâmpagos, logo depois a luz acabou e somente a claridade das velas permaneceu, mas já era tarde demais. Já estava consumado.

– Para eles não passou de piada. Eu esperava a realização do meu desejo em silêncio observativo, duvidando da força do livro que jamais havia falhado com feitiços menores. Mas o que eu esperava? Eles eram idiotas. Como poderia dar certo se não acreditavam nem em si mesmos? Só acreditei que estava acontecendo quando Edgar surgiu. – Ela fez uma pausa contemplativa. – Nossa! Ele, ele... tinha tudo que uma mulher procura num homem, pelo menos fisicamente.

– O que, por exemplo? – o jornalista estava curioso.

– Para começar, ele era homem. Em sua total e completa definição do gênero. Movimentos, cheiro, forma. Não era bonito, mas tinha um olhar poderosamente sensual, sexual, carnal. Edgar possuía o que todo homem feito tem, o desejo de agradar uma mulher. Nada de orelhas grandes, dentes saltados, nada de defeitos físicos. Era atraente com seu olhar morno, charmoso, com aquele toque de masculinidade. Um pouco imperfeito, é verdade, mas real. Tinha as coxas grossas, um bumbum legal, um sorriso forte. Ele transpirava misterioso, homem maduro, limpo, arrumado, sem levantar dúvidas. E quando se olhava para a sua calça *jeans*, ali na altura do zíper, via-se tudo na medida certa – divagou com um brilho malicioso nos olhos escuros. – Na primeira vez em que o vi, senti meu coração pular. Não sei se de medo ou pura paixão. Ele procurou um lugar vago e sentou-se ao meu lado na minha sala de antropologia. Fiquei a aula toda olhando de lado aquele seu rosto meio grosseiro. Sentindo seu cheiro amadeirado. Que delícia! – suspirou.

– Ainda o ama?

A jovem gargalhou alto. E depois de alguns minutos, nos quais se recompôs, falou, percebendo o ar chocado do jornalista:

– Estou falando de desejo, de sexo. Não queria amar, queria ser possuída por ele. Sonhava com ele entre minhas pernas... Sentia meu corpo em chamas. Estou sendo clara?

– Fala como uma... – Beto se conteve.

– Não. Não sou uma profissional do sexo. Sou apenas uma mulher consciente do meu desejo de fêmea, sei do que meus hormônios são capazes e não me envergonho de desejar algo ardentemente com meu corpo e não com o coração. Quando o desejo impera, somente o corpo pensa e a cabeça maquina a favor – disse, risonha. – Os homens devem ainda acreditar que a mulher não sabe o que é desejar. Ou simplesmente não querem ver. – Fez uma pausa. – E, além disso, não se pode amar algo como ele – falou, ficando subitamente fria, perigosa e em guarda. – O esquema é simples: você o possui e foge o mais depressa que puder. E jamais olha para trás.

– Quem o levou ao grupo? – o jornalista perguntou, saindo de um assunto que o deixara até meio ruborizado.

– Marcos. Como disse, ele só conseguia confusão, mas para nós até isso divertia. Edgar estava no grupo, saímos algumas vezes, os seis juntos. Márcia mostrou logo o que queria e ele aceitou suas investidas. Até Fernanda o achou atraente, mas ficou nisso. Quando viu a casa pela primeira vez, achou tudo muito precário, mas se adaptou. Márcia mostrava-se a anfitriã, Marcos era o amigo de farra, Rodrigo lhe passou um cigarrinho, Fernanda mostrou-lhe algumas histórias e logo sabia de tudo que fazíamos.

– O que ele ofereceu? – o jornalista perguntou malicioso.

– Nada, não estava ali para servir. E, apesar de ele ser um tesão, eu não ia bancar a fácil como a Márcia. Começamos como de costume, desenhando a estrela no chão, o círculo à sua volta com giz. Marcos estava na ponta de cima, contava a primeira história com seu toque especial de sexo e violência e até poesia. Na ponta da direita Márcia lidava com as histórias passionais; Fernanda e Rodrigo, nas pontas de baixo, gostavam das policiais, como nos seriados de TV, todavia com drogas e muito mais sexo. Edgar ocupou meu canto na ponta esquerda e mostrou todo o seu talento para o assustador. No centro da estrela, percebi que tinha um oponente à altura. Nossos contos ficaram em igual posição. Senti seu olhar pesado avaliando meu comportamento fechado. Abri o círculo e saí da estrela, sorvi um gole de tequila sem piscar e me retirei, dando a noite como encerrada. Naquela mesma noite Marcos apagou, completamente bêbado, assim como Rodrigo e Fernanda. Encontrei um quarto e me ajeitei para dormir, sabendo que Márcia e Edgar iam transar em algum lugar da casa.

Adormeci rapidamente. A bebida forte venceu e me tragou para um mundo de violência e sangue onde Edgar quase me estuprava. Quando despertei do pesadelo, ainda podia sentir suas mãos sobre meu corpo. Sem ar, olhei as horas. Três da manhã. Estava com sede, muita sede. Desci as escadas rumo à cozinha, passando pela sala vazia. Chegando lá, peguei uma garrafa de água dentro do isopor. Eu podia ouvir o líquido dentro do meu estômago. Quando me virei, vi Edgar às minhas costas. Há quanto tempo estava ali? Não sabia. O susto foi enorme. Esbarrei na velha mesa, mas antes que caísse ele me segurou.

O braço forte envolvia meu corpo, coberto somente pela camisa aberta, seu peito colado ao meu. Devo ter olhado para sua boca, pois em pouco tempo ele já devorava a minha. Foi um convite mental, algo vindo das profundezas de meu DNA, que dizia que eu era fêmea e devia tocá-lo. O certo é que ele ouviu e atendeu de imediato. Você não sabe o que é ter as mãos sobre a pele dele! Tentei recuar, mas fui impedida com força num abraço selvagem, bruto, que dizia: "Você pediu."– Sabia que não havia dito nada e aquilo me apavorou. Ele deveria estar vindo da transa com Márcia, pois pude sentir o cheiro de seu perfume doce e feminino em Edgar. Era loucura! Esmagada contra a parede, buscando ar, senti sua mão subir por baixo da minha camiseta, tocando minhas coxas, e antes que pudesse detê-lo suas mãos estavam dentro da minha roupa íntima. Tentei empurrá-lo e ele simplesmente puxou com força a peça do meu corpo. O tapa arrancou-lhe risos e o fez recuar com minha calcinha nas mãos. Encostada na parede com a camisa e o corpo revirado por Edgar, vi-o pegar uma cerveja e sair da cozinha sem dizer nada, levando minha calcinha com ele. Puxei a camiseta para cobrir o corpo e, meio tonta, me refugiei no quarto. Esperei o dia nascer e sumi.

– Contou para alguém?

– Você contaria? Ah! Desculpe, esqueci como vocês, homens, são unidos. No banheiro, na arquibancada, na mesa de bar, com aquele sorriso meio lerdo de cerveja, deslizando os dedos pelo corpo. Fazem pelas confissões, orgulho ou puro prazer?

– Não diferente das mulheres.

– Sim, verdade, mas não contamos nada assim tão perturbador e tão íntimo.

O jornalista não contestou, afinal sabia que havia um fundo de verdade. Não totalmente, pois muitos homens guardam seus segredos.

– A resposta é não. Não tinha do que me orgulhar. Foi prazeroso, mas totalmente profanador. Três dias depois Fernanda me ligou dizendo que precisava de um favor. Queria a minha casa emprestada por algumas horas. Precisava falar com o Rodrigo e no motel não dava. Emprestei meu apartamento e saí, teriam umas três horas. Fiz algumas compras e voltei na hora marcada. A porta estava aberta, entrei e vi a bolsa dela sobre o sofá. Fernanda não tinha juízo algum. Geladeira entreaberta, copos espalhados, um cigarrinho no centro de mesa. Eu merecia!

No corredor, roupas, uma bota... Edgar surgiu enrolado numa toalha, vindo do banho, puxando a porta atrás de si. Um colosso de olhos diabólicos e sorriso perverso.

– O que está fazendo em minha casa?

– Entrando para o grupo.

A resposta, minha toalha enrolada em sua cintura sobre o... Nossa, fiquei furiosa!

– Por que sempre me bate, quando quer me acariciar? – Edgar perguntou dois segundos depois de receber a bofetada.

– Saia de minha casa!

– Quer que eu volte outra hora para resolvermos aquele assunto pendente? – disse, esfregando a mão no rosto marcado.

Dei meia-volta e fui pega por ele, que não ia deixar barato. Livrou-se do chute e antes que eu pudesse fugir estava novamente presa junto a ele, sua língua invadindo minha boca, enquanto perdia o fôlego e sentia as pernas amolecendo. Ele apertava meus seios. Podia ouvir Fernanda dentro do quarto vestindo-se, enquanto os dedos corriam sobre meu *jeans* numa carícia tentadora. O empurrão o fez sorrir de minha fuga.

Dias depois fui até o casarão, pois havia esquecido lá meu celular. Sem medo, entrei pela porta dos fundos e não fiz barulho algum, mas, ao chegar às escadas, ouvi vozes, risos. Rodrigo e Edgar se beijavam. A cena me chocou! Não imaginava que ele pudesse ter outra preferência. Voltei-me e corri pelas escadas, entrando no primeiro quarto que encontrei. Alguém me agarrou. Era Marcos.

– O que está fazendo aqui? – perguntou, embriagado.

– Meu... meu celular. – Eu tremia e, quando ele acendeu a luz, vi o quanto todos haviam se rebaixado naquele grupo.

Havia duas mulheres na cama de Marcos, ambas nuas. Ao lado, na mesinha de cabeceira, drogas e seringas. Elas estavam completamente chapadas. Ele não estava diferente, de pé ao meu lado. E, quando me tocou, eu o agredi. O chute o fez cair no chão e me deu chance de fugir.

Cansada, furiosa, resolvi deixar o grupo. Uma reunião foi marcada, era o melhor momento para notificá-los de meu afastamento. Cheguei e comecei a perceber algumas mudanças. A casa fora limpa e uma bela mesa de granito negro estava no centro da sala. Logo estávamos reunidos e ao que parecia Edgar comandava o jogo. Chegou com uma maleta nas mãos, colocou-a sobre a mesa e começou a falar.

– É a última reunião nesta casa.

– Para mim também, estou fora – falei interrompendo-o.

Todos me olharam surpresos. Edgar sorriu e perguntou, debochado:

– Fugindo?

– Afastamento é a palavra, "Sr. Maravilha". E, por falar nisso, quem te nomeou o anfitrião? – cobrei, olhando todos à minha volta.

– Fizemos uma votação – Márcia falou, ficando ao lado de Edgar.

– Quando foi isso? Em sonho?

– Não, nós nos reunimos e nomeamos Edgar. E ele sugeriu um jogo novo, uma brincadeira à nossa altura.

– Vocês concordaram?

– E por que não? É a nossa última noite nesta casa, nada melhor que uma despedida – Fernanda afirmou de cabeça feita. – Além disso, você ia sair mesmo, não é?

– Fico feliz em saber que não farei falta. Tenho alguns planos. Vim só dizer adeus.

– O jogo precisa de seis pessoas. Fique e saia em grande estilo. É a despedida – Edgar falou, segurando a maleta. – Vamos, fique – ele insistiu, manhoso.

Fiquei sentindo os meus instintos gritarem: "Fuja agora." Foi meu único erro dentro do grupo: ficar.

– O jogo é simples – começou o anfitrião. – Enfrentar seu pior medo e sobreviver.

Ele sorriu e subitamente a casa começou a tremer, o piso rachou e paredes emergiram, nos separando. Finalmente, quando a poeira baixou, só havia silêncio e terror. Sentia-me num labirinto, como um pequeno rato.

Os gritos de Fernanda e Márcia me alertaram. Contudo, o som parecia vir de muito distante. Toquei a parede escura, chamando-as, e a senti úmida. Fitei a palma de minha mão e vi sangue. Recuei, temendo tocá-la, enojada, apavorada. Os gritos silenciaram, testei a parede novamente e me arrependi. Mãos surgiram e por muito pouco não me puxaram para dentro. A casa estava viva e opressiva e aproximar-se das paredes era um erro. Subitamente a voz de Edgar se fez ouvir:

– O objetivo é sobreviver para me enfrentar, o que é quase impossível, já que sou o senhor deste jogo. Boa sorte, vocês vão precisar.

Comecei a chamar pelos outros, mas não recebi resposta. Ao que parecia, não nos ouvíamos, mas Edgar estava ao lado de cada um de nós.

– Deve seguir em frente – sussurrou ao meu ouvido.

– Onde estão os outros? – perguntei depois de me refazer do susto.

– Exatamente onde queriam estar. Dentro de seus piores medos.

Ele se divertia ouvindo os gritos de terror.

– O que está acontecendo? Quem é você? – perguntei, recuando enquanto ele se aproximava.

– Anda não me reconhece?

– Não...

– Triste fim para um personagem seu, o esquecimento – lamentou dramático.

– Do que está falando?!

– Sou eu, Edgar. O seu Edgar, aquele que criou em seus sonhos mais obscuros, o personagem capaz de fazê-la tremer com um só olhar.

Dizendo isso, tocou meus ombros e novamente o cenário à minha volta mudou. Estávamos em um cemitério e chovia, era uma tempestade. Ele me arrastou para diante de um túmulo. Afastei os cabelos do rosto e olhei ao redor, confusa.

– Reconhece meu berço, mãe? – sussurrou junto ao meu rosto molhado, trêmulo de frio e medo.

Um raio cruzou o céu negro e atingiu uma velha árvore. Sentia a água gelada molhar-me, enquanto Edgar me forçava a ficar junto a ele.

– Mau, fantástico, nascido em uma noite chuvosa, aquele que veio da lama dos cemitérios, do limbo dos mortos. O mestre do jogo! – gritou, fazendo-me gritar, libertar-me dele e enfim enfrentá-lo:

– Não... Não era real, era somente minha imaginação. Não aconteceu – lamentei entre o arrependimento e a quase credibilidade. – Não! Não é real!

O tapa tirou sangue de meus lábios e me jogou ao chão lamacento.

– Percebeu a realidade? A ciranda dos desejos começou e ela vai realizar todos. E agora vamos deixar o jogo empatado – falou, puxando-me do chão, enquanto tentava fugir.

Com um puxão mais forte, vi-me dentro da casa novamente. Fora tudo uma ilusão, minhas roupas, o cabelo molhado... Era como se nunca houvesse acontecido. Cansada, sentindo o braço doído o segui contra a minha vontade.

– Transei com Márcia, dando a ela um gozo único, coisa que ela jamais havia sentido. Devorei cada pedaço do corpo de Fernanda, coisa que Rodrigo jamais conseguiu – revelava ele com um prazer lascivo. – E despertei Rodrigo para sua porção mulher – disse, sorrindo malicioso. – Ele tem pernas bonitas. Fiz Marcos matar sua prostituta de estimação. Ele não conseguia mais suportar suas chantagens. Só faltava coragem e eu a dei a ele. – Edgar riu nesse momento. – Agora é a vez da virgem se entregar – falou, lambendo o sangue de minha boca.

– Não é real... Não é real!– Estou dentro de cada um de vocês, sou fruto da luxúria de cada um. Mas você me gerou dentro de sua mente. Deu-me atributos, qualidades, um corpo maravilhoso – disse, esfregando-se em mim. – A casa me libertou no momento certo, ela tem... nossa energia! Muito sangue foi derramando nesta sala, cinco mortos – afirmou, falando do crime hediondo. Ele brilhava, absorvendo energia da casa. – Aqui, sozinha, enquanto todos tinham alguém, você sonhava comigo – Edgar gemeu ao meu ouvido, tocando meu corpo. – Ansiando, chamando, cansada dos deboches de Marcos, da união de Rodrigo e Fernanda, dos muitos amantes de Márcia. Você me trouxe à vida para mostrar que havia algo bem pior do que eles imaginavam ser – falava suavemente, envolvendo-me. – A promiscuidade de Márcia me nutria a cada amante, a traição de Fernanda me deu poderes, o assassinato de Marcos deu-me liberdade para mudar a casa e seduzir Rodrigo fez a taça transbordar. Mas você, pequena pérola, vou colher para minha coleção. Você é única em pureza e maldade.

– Não! Não está acontecendo. Pare! – gritei, fazendo-o afastar-se. – Se eu o criei, ordeno que nos liberte.

– Linda – gargalhou, agarrando-me, contendo-me facilmente. – Queriam sentir medo, não era? Pois bem, estou aqui!

Alarmada, comecei a ouvir os gritos de Márcia. Edgar segurou minha cabeça e enfiou os dedos entre meus cabelos, cravando-os em minha cabeça. Não houve dor, somente medo.

– Veja, veja Márcia enfrentar o que mais teme.

O sangue molhava meus cabelos e as imagens enchiam meus olhos, tornando-os opacos, cegos, negros. Márcia gritava em pânico enquanto milhares de insetos a cobriam. Havia caído dentro de uma vala imunda. Em seu pesadelo, via Fernanda, Rodrigo, Marcos e até mesmo eu observando sem fazer nada para ajudar. Ela tinha medo de morrer, morrer sozinha. Em seu delírio, era devorada viva por vermes e insetos. Seus gritos aos poucos silenciaram. Em um segundo seu crânio surgiu entre uma moita de cabelos claros. Caí de joelhos e Edgar me envolveu num abraço carinhoso e teatral.

– O que achou, minha pérola? – indagou, tocando minha testa suada com beijos. – Ela encontrou a paz.

– Demônio... Largue-me! – estava cansada e sem forças.

– Ah!... Meu segundo nome sendo proferido com ódio – ele arquejava de prazer. – Que delícia! – falou, beijando-me com lascívia, pondo a mão entre minhas pernas.

– Me larga! – Eu esperneava, lutando como podia.

– Não – falou, detendo minha fuga. – Você me pertence, é minha noiva agora – afirmou, pondo uma aliança em meu dedo.

O anel estava quente e queimou minha carne enquanto eu gritava, sacudindo a mão, tentando livrar-me daquela algema.

– E, além disso, a ciranda dos desejos só começou.

– Não!

– Sim, querida. Todos vão morrer e você assistirá, é meu presente de noivado para você. Agora, quem será o próximo? – perguntou, maligno. – Rodrigo! – gritou, sorteando-o.

Senti seus dedos novamente perfurarem minha cabeça. Então vi Rodrigo. Estava sozinho, assustado. Uma das portas no corredor abriu-se, convidando-o para uma provável fuga. Mal entrou, desejou sair de imediato. Estava rodeado por um grupo de rapazes. Pareciam agressivos. Antes que alcançasse a porta, eles o apanharam. Dominaram-no e logo o espancavam violentamente, gritando: "Bicha! Bicha! Bicha!"

Algo foi jogado sobre ele e na escuridão uma luz brilhou. Era fogo! Ele estava em chamas e gritava, sentindo a carne queimar. Não demorou muito para tombar sem vida. Chocada, vi Fernanda ser empurrada da beira de um edifício. Marcos se via criança apanhando do pai, mas, dessa vez, apesar de ser um homem feito, não consegui defender-se e foi espancado até a morte. O sangue, a pressão em minha cabeça, as imagens aterrorizantes fizeram-me desmaiar.

Despertei sobre a mesa vestida numa camisola branca. Antes que pensasse em fuga, Edgar surgiu ao lado da mesa e falou suavemente:

– Agora é sua vez de render-se, Virgínia. Como quer que seja? Me diga. Farei com prazer – sussurrou, devasso.

De joelhos sobre meu corpo, em cima da mesa de mármore negro, ele rasgou minhas roupas e, ao ver-me nua, passou a lamber minha pele e a proferir o feitiço dos desejos novamente. Segurou meus braços sobre minha cabeça e ficou entre minhas pernas. Beijou-me, iniciando um jogo desconhecido, mas cheio de atrativos. Rendi-me a ele. Não foi como em meus pesadelos, nos quais me via tomada com violência. Edgar me possuiu com força e desejo, mas sem nenhuma brutalidade. Ele realizou minhas fantasias, possuindo alma e corpo. E foi exatamente como sempre imaginei que seria. Dor, prazer, medo e sangue. Detrás de seus olhos escuros, misteriosos, resguardava-se dos detalhes de uma união única.

Virgínia estava em silêncio há algum tempo e, quando voltou a falar, estava muito tranqüila e distante:

– Quando despertei, três dias depois, estava presa na cama do hospital e ele havia sumido para sempre.

– É dessa forma que vê as coisas? – o jornalista quis saber.

– Aconteceu assim.

– A polícia conta outra historia. Segundo eles, você matou seus amigos friamente. Todos eles. Enterrou Márcia viva, queimou Rodrigo com gasolina, empurrou Fernanda da escada do sótão e por fim matou Marcos de pancada – ele falou, lendo suas anotações sobre o caso que chocara a comunidade pelo grau absurdo de violência. – Parece que a sentença será prisão perpétua. Atenuantes de insanidade podem te livrar da perpétua.

– Acha que sou louca? – Virgínia perguntou, fria.

– Louca, não. Acho que leu muito Stephen King – sopesou. – E também não acredito no diabo.

– E em Deus?

– Sim, acredito.

– Fico feliz em saber.

– Por quê? – Beto perguntou, sincero.

– Poderá chamar por ele quando precisar – ela respondeu. O jornalista recolheu seus objetos e saiu da cela sob o olhar do guarda. Mas não antes de lançar uma última mirada para Virgínia. Aquela jovem assassina era realmente muito bonita. O olhar caiu sobre sua mão. Ela deslizava sobre a testa e lá ele viu uma aliança de ouro. Aquilo o assustou, mas não tanto assim. Em sua mente, dizia: "Ela até conseguiu uma aliança para parecer real."

O guarda o fez sair da sala de segurança máxima e permitiu a entrada de um outro homem.

– O que acha, ela vai sair livre dessa? – perguntou o funcionário ao novo visitante, o advogado da prisioneira.

– Tudo é possível neste grande mundo – falou suavemente o homem.

– Vocês, advogados, são muito confiantes.

– É, somos. Pode me chamar de "Sr. Maravilha" – disse, observando.

Virgínia, que o esperava ansiosa.

LEIA TAMBÉM...

14 X 21 cm
160 páginas

NECRÓPOLE - HISTÓRIAS DE VAMPIROS

Alexandre Fernandes Heredia, Camila Fernandes, Gianpaolo Celli, Giorgio Cappelli e Richard Diegues

Um livro que reúne cinco talentos da literatura de suspense e terror, cada um deles apresentando uma história com 30 páginas, ambientada em uma metrópole genérica. Os vampiros – criaturas misteriosas e ao mesmo tempo tão difundidas na literatura – são apresentadas pelos autores em tramas bem estruturadas e inusitadamente surpreendentes. Este é o primeiro volume de uma coleção que a editora Alaúde pretende dedicar ao segmento suspense/terror. A coleção sempre trará histórias inéditas com as mais promissoras revelações do gênero em edições temáticas: lobisomens, espíritos, bruxas, seres míticos e outros assuntos relacionados. O principal aspecto deste projeto não é apenas a pontualidade da coleção, mas também a apresentação de novos talentos da literatura brasileira de terror e suspense.

LEIA TAMBÉM...

14 X 21 cm
160 páginas

NECRÓPOLE - HISTÓRIAS DE FANTASMAS

Alexandre Fernandes Heredia, Camila Fernandes, Dóris Fleury, Gianpaolo Celli, Giorgio Cappelli, Marcelo Dias Amado e Richard Diegues

Desde que a humanidade começou a formular seus primeiros pensamentos racionais, algumas perguntas pairam sem resposta: Haverá vida após a morte? Existe realmente uma alma imortal? E se existir, poderão algumas delas continuar vagando entre nós, invisíveis, impregnadas de sentimentos conflitantes e por vezes perversos, manipulando nossos medos e povoando nossos piores pesadelos? Em cada uma das sete histórias que compõem este volume uma situação nova surgirá, reacendendo estas dúvidas, jogando-nos de cabeça numa realidade cruel, na qual a morte, ao invés de um alívio, na verdade é o início de um horror ainda maior. *Necrópole — histórias de fantasmas* é o segundo volume de uma coleção dedicada à nova nata do suspense e do terror. A cada livro, um tema diferente, sempre com escritores brasileiros, que apresentam histórias distintas, mas o mesmo cenário: a Necrópole, metrópole que noite e dia digere nossas almas, gerando em seu ventre cadáveres célebres e assassinos anônimos.